絕對合格
QR Code聽力魔法

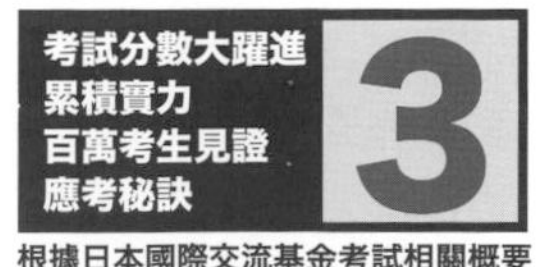

根據日本國際交流基金考試相關概要

文法、情境與聽力快速記憶術，頂尖題庫

扎實累積實戰×致勝專屬筆記的高效雙料法寶！

日檢 N3 文法

吉松由美、田中陽子、西村惠子
林勝田、山田社日檢題庫小組
合著

前言
はじめに

考卷上的每個字都懂，但合起來怎麼就霧煞煞？
中文意思翻出來一樣，到底是哪裡出錯了？
把文法挑戰變成您的得分神器！
近義詞分類 × 激爽海量實戰
雙重絕技，讓您的學習效果狂飆！

還在用那些陳舊的基礎文法應付日常對話嗎？
考試選項像四胞胎一樣，讓您看得一頭霧水，丟分丟到心痛？
用中文記憶文法，一遇到相似的就崩潰？
是時候換個更有效的學習策略了！讓您不僅能搞定考試，還能成為日語達人！

每天只需 10 分鐘，進步看得見：

表達情境大師： 把日常對話變成文法練習，輕鬆成為應用高手！
根據 N3 考試設計，全面涵蓋各種生活情境，從表達原因、規定，到推測、期望，讓生硬的文法自然融入生活，像喝水一樣輕鬆掌握！

腦洞大開： 用您的想像力來畫出文法的使用場景，讓大腦的「核心肌群」動起來
日檢重視的是“交流中的活用”——我們不僅僅是學文法，而是學會在實際生活中靈活運用。想像一下在哪些話題中您會用到這些文法，這是記憶最牢固的方式！

文法掃蕩： 文法的兄弟姊妹比一比，一次搞定那些容易混淆的相似文法
針對日檢考試，我們整理了與主題相關的擴展文法，對比它們的相似點和不同點，一次性掌握大量文法，讓您在考前輕鬆衝刺，穩拿高分！

知識速攻包： 關鍵詞精華膠囊＋同級例句解鎖，
全面速功最精華的解說，搭配同級詞彙撰寫的實用例句，學文法的同時還能增強單字量，告別死記硬背，全面提升日檢技能！

學完即戰： 學完立刻測驗，實力馬上見！
這可不是普通的復習，而是“回憶訓練”——從記憶到實戰的完美過渡。“學習→測驗”，讓您牢記新知識，學習效果加倍，讓知識穩穩扎根在腦海中！

錯誤修正神器： 專屬訂正筆記區，擊破弱點，越戰越勇！
成為學霸的關鍵就在這一步！每次錯題都可在筆記專區詳細分析和記錄錯誤原因，針對弱點逐個攻克。不再重複同樣的錯誤，脫穎而出就是您！

碎片時間速學法： 學日語，不再找藉口！每單元兩頁，碎片時間也能高效利用！
無論是睡前的小點心，還是通勤路上的快速充電，只需 10 分鐘，輕鬆完成一課，讓您的日語學習既簡單又高效！

隨身辭典： 忘了就查，學習無阻礙！ 50 音順的金鑰索引，查找變得超便捷！
每當您需要，只要翻一翻，即刻找到您要的單字，隨查隨學，讓您的學習效率大大提升，再也不怕記憶有障礙！

聽力強化神器： 隨時隨地，掃碼即聽！用線上音檔提升聽力！
聽力是日檢的致勝法寶。每天反覆聆聽，讓單字深深印在腦海中，增強記憶，讓您的日語聽得清、說得溜！

成為學霸，就差這 7 大超酷技巧！

▲ **一次記一串：讓生活情境成為您的記憶法則！**

讀者真心話：“零碎文法太難記，綁在一起記效果驚人！按照 N3 考試內容，本書將文法按時間、比較、希望、意志等機能分類，讓您一次掌握所有生活中大大小小的文法！細微差異對比，讓您一次搞懂相似用法，不再混淆。

遇到類似情境時，大腦自動觸發連鎖記憶，迅速激活一整串相關文法。擺脫陷阱選項，正確答案馬上浮現。實戰力爆棚，成為您考試的強大後援團。

▲ **精要膠囊：關鍵字解析 × 道地生活例句，文法一點就通！**

本書不僅涵蓋 N3 所有必考文法，還提供超精簡說明！用關鍵字點出文法精髓，讓您用最少時間抓住要點。由專業日籍老師撰寫的生活化例句，讓您一秒理解文法。告別繁瑣解說，吸收文法更自然、更直觀，不再頭痛燒腦。

例句精選同級單字，頁底補充相關詞彙，同步增強單字量，學習效率翻倍！

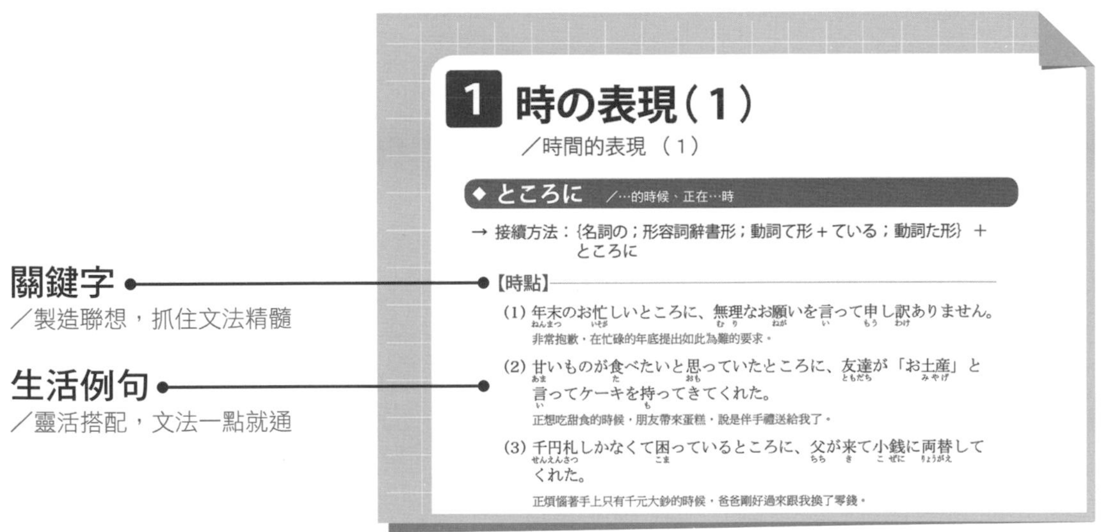

▲ **高效實戰：讀完就測，讓被動學習變成主動實戰遊戲！**

每個單元都設計了專屬的文法選擇題和句子重組題，讓您在記憶猶新時來一場回想練習。不僅是記憶的深化，更是實戰的練兵。每道題都有日文假名，讓您在解題時偷偷學更多，透過上下文推敲單字含義，進一步提升您的閱讀和理解力。邊做題邊驗收學習成果，每一步都讓您感受到進步的快感。

貼心的跨頁設計，幫您輕鬆歸納錯題，找出不熟的部分，順暢複習，讓您成為文法大師！

▲ **答對率翻倍：打造您的專屬錯題筆記，越錯越勇，分數飛漲！**

只要多做一個關鍵動作，分數自然翻倍！書中附有改錯筆記欄，錯了馬上檢討分析，徹底透析您的盲點。讓錯題成為您的成長助力。自己親手訂正過的內容會在腦中留下深刻印象，這本書將成為您的應考筆記神器。考前衝刺時針對自己的弱項快速復習，確保學習無死角！

▲ 日檢專攻：直擊日檢核心，精準破解考試要點！

針對日檢 N3 文法的 3 大題型，我們特訓您在相近文法中選出正確答案。不只是背文法，更讓您清楚理解其用法和意義，識別那些容易混淆的相近用法，同時提升閱讀理解能力。搭配句子重組練習，幫您掌握句子結構，還能大幅提升口說和寫作技巧。

透徹掌握考試出題規律，讓您準備日檢得心應手，輕鬆拿下那張備受矚目的證書！

•選擇題

I [a,b] の中から正しいものを選んで、○をつけなさい。

① いい（a. ところを　b. ところに）きたね。いっしょにゲームをしよう。

•句子重組題

II 下の文を正しい文に並べ替えなさい。＿＿に数字を書きなさい。

① 休暇中の ＿＿ ＿＿ ＿＿ ＿＿ から呼び出しの連絡があった。

1. に　2. 何度も　3. ところ　4. 会社

▲ 隨身萬能辭典：忘了怎麼用？秒查！

每個單元的文法都按 50 音順序排列，書末還有超實用的文法索引表，讓您需要回顧或查找文法時，這本書就是您的私人助理。搜尋一個文法，自動帶出相似文法，學習效果加倍！

▲ 聽力直通車：用耳朵學日語，練就一口流利東京腔！

誰說沒時間讀書就學不了語言？每篇只需 10 分鐘，由地道日籍老師配音的精彩音檔，趁您通勤、睡前、晨練或洗漱時隨手播放。反覆聆聽，單字和句型自然深植腦海，讓您的日語聽力和語感達到新高度！

為忙碌的現代人設計的學習方案，**兩頁一單元，一次只需 10 分鐘**，隨時隨地學習。無論是自學還是考前衝刺，這本書都是您的考試軍師。讓文法成為您日檢得分的秘密武器，一次解鎖所有挑戰，勇攀學習高峰！絕對合格！

錯題筆記使用說明

つかいかた

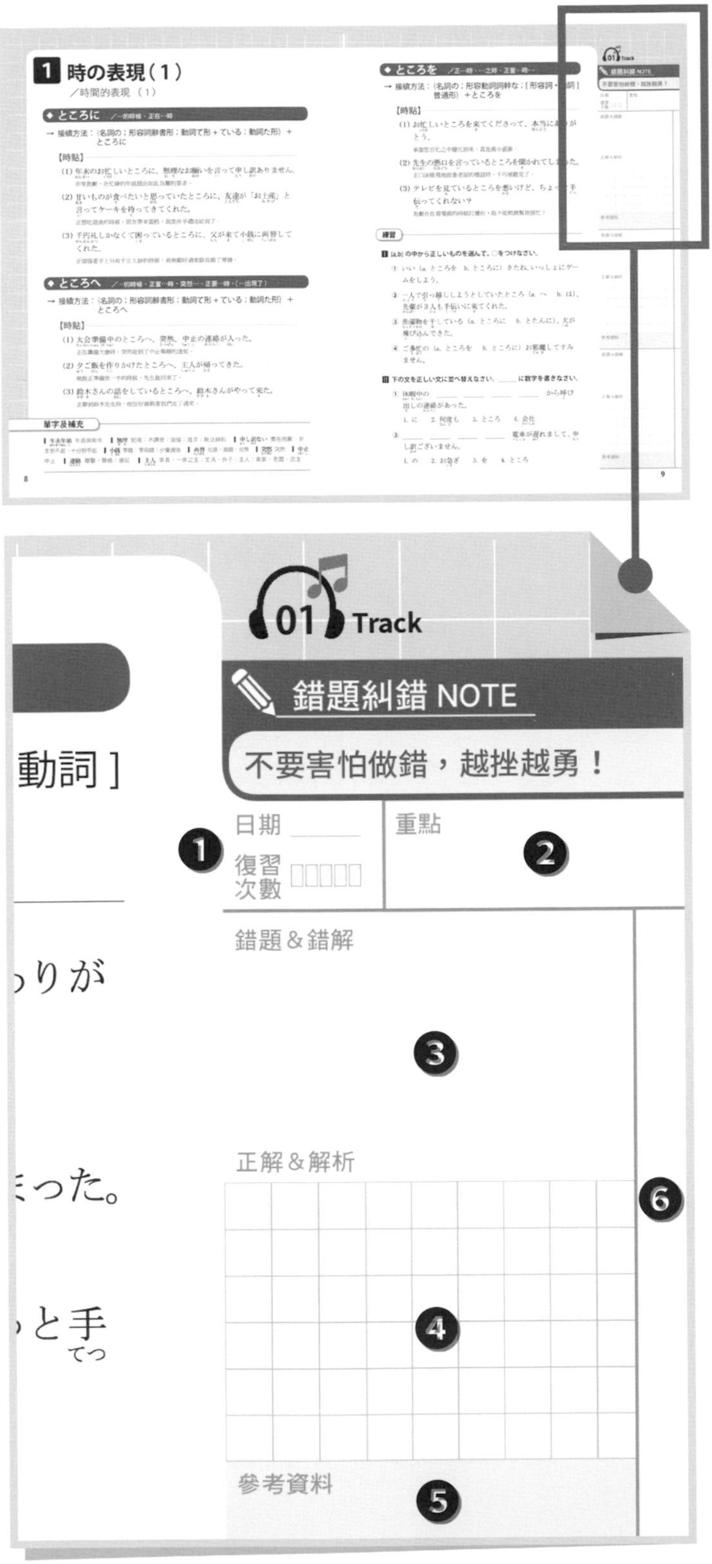

錯題糾錯 NOTE

不要害怕做錯，越挫越勇！

日期 ______ 復習次數 □□□□□ ❶

重點 ❷

錯題＆錯解 ❸

正解＆解析 ❹

參考資料 ❺

❻

參考寫法

❶ **日期語復習次數：**填寫訂正日期，並記錄復習次數，每復習一次，就在「復習次數」方框中畫上斜線。

❷ **重點：**給錯題的內容寫下關鍵一句重點。點出盲點也當作給自己的提示，在考試作答時，想到這句關鍵重點，就能提醒自己思考、答題的方向，避免錯誤。

❸ **錯題＆錯解：**清楚寫下答錯的題目與答案。

❹ **正解＆解析：**改正答案。查詢文法的意思、接續，以及不同的運用條件，進一步釐清題目重點，了解答題可能會有的變化或陷阱。接著精準寫上錯題原因和正確的解題方式。

❺ **參考資料：**寫上查詢的書本或其他資料來源，以便日後進一步查證。

❻ 用螢光筆塗上不同的顏色來區分不同的錯題類型，從側面看就像貼上便籤，讓書本切口處擁有錯題索引功能。分類舉例如：陷阱題紅色、增加熟練度黃色、粗心題橘色…等。

❼ 思考不設限！依照自己的需要為筆記創造更多可能！

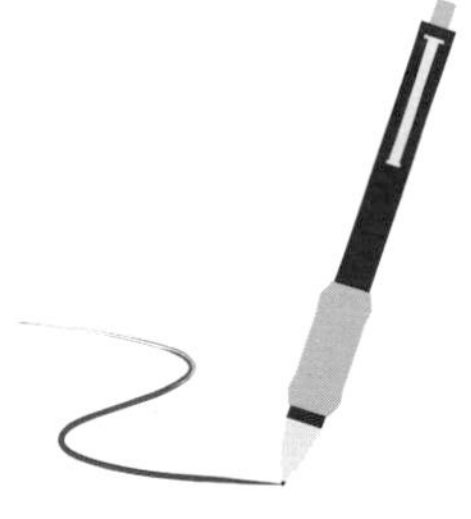

目錄

もくじ

日檢文法機能分類

N 3

寶石題庫

JLPT

1 時の表現（1）

／時間的表現（1）

◆ ところに　／…的時候、正在…時

→ 接續方法：{名詞の；形容詞辭書形；動詞て形＋ている；動詞た形} ＋ところに

【時點】

(1) 年末(ねんまつ)のお忙(いそが)しいところに、無理(むり)なお願(ねが)いを言(い)って申(もう)し訳(わけ)ありません。
非常抱歉，在忙碌的年底提出如此為難的要求。

(2) 甘(あま)いものが食(た)べたいと思(おも)っていたところに、友達(ともだち)が「お土産(みやげ)」と言(い)ってケーキを持(も)ってきてくれた。
正想吃甜食的時候，朋友帶來蛋糕，說是伴手禮送給我了。

(3) 千円札(せんえんさつ)しかなくて困(こま)っているところに、父(ちち)が来(き)て小銭(こぜに)に両替(りょうがえ)してくれた。
正煩惱著手上只有千元大鈔的時候，爸爸剛好過來跟我換了零錢。

◆ ところへ　／…的時候、正當…時，突然…、正要…時，（…出現了）

→ 接續方法：{名詞の；形容詞辭書形；動詞て形＋ている；動詞た形} ＋ところへ

【時點】

(1) 大会準備中(たいかいじゅんびちゅう)のところへ、突然(とつぜん)、中止(ちゅうし)の連絡(れんらく)が入(はい)った。
正在籌備大會時，突然收到了中止舉辦的通知。

(2) 夕(ゆう)ご飯(はん)を作(つく)りかけたところへ、主人(しゅじん)が帰(かえ)ってきた。
晚飯正準備到一半的時候，先生就回來了。

(3) 鈴木(すずき)さんの話(はなし)をしているところへ、鈴木(すずき)さんがやって来(き)た。
正聊到鈴木先生時，他恰好就朝著我們走了過來。

單字及補充

▍年末年始(ねんまつねんし) 年底與新年　▍無理(むり) 勉強；不講理；逞強；強求；無法辦到　▍申し訳ない(もうしわけない) 實在抱歉，非常對不起，十分對不起　▍小銭(こぜに) 零錢；零用錢；少量資金　▍両替(りょうがえ) 兌換，換錢，兌幣　▍突然(とつぜん) 突然　▍中止(ちゅうし) 中止　▍連絡(れんらく) 聯繫，聯絡；通知　▍主人(しゅじん) 家長，一家之主；丈夫，外子；主人；東家，老闆，店主

◆ ところを　／正…時、…之時、正當…時…

→ 接續方法：{名詞の；形容動詞詞幹な；[形容詞・動詞]普通形}　＋ところを

【時點】

(1) お忙(いそが)しいところを来(き)てくださって、本当(ほんとう)にありがとう。

承蒙您百忙之中撥冗前來，真是萬分感謝。

(2) 先生(せんせい)の悪口(わるぐち)を言(い)っているところを聞(き)かれてしまった。

正口沫橫飛地說著老師的壞話時，不巧被聽見了。

(3) テレビを見(み)ているところを悪(わる)いけど、ちょっと手伝(てつだ)ってくれない？

抱歉在你看電視的時候打擾你，能不能稍微幫我個忙？

練習

Ⅰ [a,b] の中から正しいものを選んで、○をつけなさい。

① いい（a. ところを　b. ところに）きたね。いっしょにゲームをしよう。

② 一人(ひとり)で引(ひ)っ越(こ)ししようとしていたところ（a. へ　b. は）、先輩(せんぱい)が3人(にん)も手伝(てつだ)いに来(き)てくれた。

③ 洗濯物(せんたくもの)を干(ほ)している（a. ところに　b. とたんに）、犬(いぬ)が飛(と)び込(こ)んできた。

④ ご多忙(たぼう)の（a. ところを　b. ところに）お邪魔(じゃま)してすみません。

Ⅱ 下の文を正しい文に並べ替えなさい。＿＿＿に数字を書きなさい。

① 休暇中(きゅうかちゅう)の ＿＿＿ ＿＿＿ ＿＿＿ ＿＿＿ から呼(よ)び出(だ)しの連絡(れんらく)があった。

1. に　2. 何度(なんど)も　3. ところ　4. 会社(かいしゃ)

② ＿＿＿ ＿＿＿ ＿＿＿ ＿＿＿ 電車(でんしゃ)が遅(おく)れまして、申(もう)し訳(わけ)ございません。

1. の　2. お急(いそ)ぎ　3. を　4. ところ

錯題糾錯 NOTE

不要害怕做錯，越挫越勇！

日期＿＿＿　重點

復習次數 □□□□□

錯題＆錯解

正解＆解析

參考資料

錯題＆錯解

正解＆解析

參考資料

錯題＆錯解

正解＆解析

參考資料

2 時の表現（2）

／時間的表現（2）

◆ さいちゅうに、さいちゅうだ ／正在…

→ 接續方法：{名詞の；動詞て形＋ている} ＋最中に、最中だ

【進行中】

(1) 食事(しょくじ)の最中(さいちゅう)に新聞(しんぶん)を読(よ)まないで。
吃飯的時候不要一邊看報紙。

(2) うわっ。怖(こわ)い本(ほん)を読(よ)んでる最中(さいちゅう)にびっくりさせないでよ。
哇啊！你別在我看恐怖小說的時候嚇我啦！

(3)「今(いま)、何(なに)してるの？」「宿題(しゅくだい)をしている最中(さいちゅう)だよ。」
「你現在在做什麼呢？」「我正忙著寫作業啊。」

◆ さい（は）、さいに（は） ／…的時候、在…時、當…之際

→ 接續方法：{名詞の；動詞普通形} ＋際（は）、際に（は）

【時點】

(1) ご注文(ちゅうもん)がお決(き)まりの際(さい)は、こちらのボタンを押(お)してお知(し)らせください。
決定好餐點後，請按這邊的呼叫鈴通知我們。

(2) 免許(めんきょ)を更新(こうしん)する際(さい)、写真(しゃしん)が必要(ひつよう)です。
換發駕照時，必須要準備照片。

(3) 東京(とうきょう)に行(い)った際(さい)に、大学時代(だいがくじだい)の友達(ともだち)に会(あ)った。
我前往東京時，也與大學時代的朋友碰了面。

單字及補充

▌**情報**(じょうほう) 情報，信息 ▌**記事**(きじ) 報導，記事 ▌**朝刊**(ちょうかん) 早報 ▌**注文**(ちゅうもん) 點餐，訂貨，訂購；希望，要求，願望 ▌**決(き)まり** 規定，規則；習慣，常規，慣例；終結；收拾整頓 ▌**免許**(めんきょ)（政府機關）批准，許可；許可證，執照；傳授秘訣 ▌**会場**(かいじょう) 會場 ▌**拍手**(はくしゅ) 拍手，鼓掌 ▌**握手**(あくしゅ) 握手；和解，言和；合作，妥協；會師，會合

◆ たとたん（に） ／剛…就…、剎那就…

→ 接續方法：{動詞た形} ＋とたん（に）

【時間前後】

(1) 疲(つか)れていたので、ベッドに入(はい)ったとたんに寝(ね)てしまった。

由於已精疲力竭，我一鑽進被窩就呼呼大睡了。

(2) 空(そら)が暗(くら)くなったとたんに大雨(おおあめ)が降(ふ)り出(だ)した。

天空一轉陰，立刻就下起了滂沱大雨。

(3) 彼女(かのじょ)のスピーチが終(お)わったとたん、会場(かいじょう)から大(おお)きな拍手(はくしゅ)が起(お)こった。

她的演講一結束，會場立刻響起震耳欲聾的掌聲。

練習

Ⅰ [a,b] の中から正しいものを選んで、○をつけなさい。

① 二人(ふたり)は、出会(であ)った（a. たび　b. とたん）に恋(こい)に落(お)ちた。

② 添付(てんぷ)ファイルを（a. 開(あ)ける　b. 開(あ)けた）とたん、パソコンが動(うご)かなくなった。

③ 仕事(しごと)の（a. 最中(さいちゅう)に　b. 際(さい)に）は、コミュニケーションを大切(たいせつ)にしよう。

④ 料理(りょうり)の（a. 最中(さいちゅう)に　b. うちに）、停電(ていでん)で冷房(れいぼう)が効(き)かなくなった。

Ⅱ 下の文を正しい文に並べ替えなさい。＿＿＿に数字を書きなさい。

① その事件(じけん)に ＿＿＿ ＿＿＿ ＿＿＿ ＿＿＿ です。

1. ついては　2. 調(しら)べている　3. 現在(げんざい)　4. 最中(さいちゅう)

② ＿＿＿ ＿＿＿ ＿＿＿ ＿＿＿ に大変(たいへん)お世話(せわ)になりまして、ありがとうございました。

1. お父様(とうさま)　2. の　3. 際(さい)には　4. 就職(しゅうしょく)

錯題糾錯 NOTE

不要害怕做錯，越挫越勇！

日期＿＿＿　重點

復習次數 □□□□□

錯題＆錯解

正解＆解析

參考資料

錯題＆錯解

正解＆解析

參考資料

錯題＆錯解

正解＆解析

參考資料

3 時の表現（3）

／時間的表現（3）

◆ ていらい　／自從…以來，就一直…、…之後

→ 接續方法：{動詞て形} ＋て以来；{サ変動詞詞幹} ＋以来

【起點】

(1) 日本(にほん)に来(き)て以来(いらい)、毎日(まいにち)家族(かぞく)とLINEで話(はな)している。
自從來到日本，我每天都會用LINE和家人通話。

(2) ここは雑誌(ざっし)で見(み)て以来(いらい)、ずっと来(き)てみたかったカフェです。
這裡是我在雜誌上看到之後，就一直想來朝聖的咖啡廳。

(3) 定年退職(ていねんたいしょく)以来(いらい)、絵(え)を描(か)いたりしながら田舎(いなか)でのんびり暮(く)らしている。
退休後，我就一直住在鄉下畫畫，過著悠閒的生活。

◆ うちに　／趁…做…、在…之內…做…；在…之內，自然就…

→ 接續方法：{名詞の；形容動詞詞幹な；[形容詞・動詞]辭書形} ＋うちに

【期間】

(1) テレビを見(み)ているうちに、寝(ね)てしまった。
電視看著看著，結果卻不知不覺睡著了。

(2) 後(あと)でお客(きゃく)さんが来(く)るから、今(いま)のうちにご飯(はん)を食(た)べておこう。
等一下客人就要來了，趁現在趕快先吃飯吧！

(3) 若(わか)いうちに、いろいろな国(くに)を旅行(りょこう)したいです。
我想趁年輕時，到世界各地去旅行。

單字及補充

▌田舎(いなか) 鄉下，農村；故鄉，老家　▌故郷(こきょう) 故鄉，家鄉，出生地　▌のんびり 舒適，逍遙，悠然自得　▌暮(く)らす 生活，度日　▌過(す)ごす 度（日子、時間），過生活；過渡過量；放過，不管　▌色々(いろいろ) 各種各樣，各式各樣，形形色色　▌国(くに) 國家；國土；故鄉　▌含(ふく)む 含（在嘴裡）；帶有，包含；瞭解，知道；含蓄；懷（恨）；鼓起；（花）含苞　▌含(ふく)める 包含，含括；囑咐，告知，指導

◆ までに（は） ／…之前、…為止

→ 接續方法：{名詞；動詞辭書形} ＋までに（は）

【期限】

(1) 25 までには、海外に行って仕事をしてみたい。

我想在 25 歲之前嘗試到國外工作開開眼界。

(2) 作文の宿題は金曜日までに出してください。

作文作業請於星期五之前提交。

(3)「『31 日までに』は 31 日を含みますか。」「はい、含みます。」

「『於 31 日之前』包含 31 日嗎？」「是的，包含 31 日。」

練習

Ⅰ [a,b] の中から正しいものを選んで、○をつけなさい。

① 子どもが小学校に行く（a. までに　b. にまで）、自分の家を持ちたい。

② 子どもが（a. できた　b. できて）以来、お酒は飲んでいない。

③ このアニメは、放映（a. 以上　b. 以来）ずっと子どもたちに愛されてきました。

④ いじめられた経験を話している（a. うちに　b. 最中）、涙が出てきた。

Ⅱ 下の文を正しい文に並べ替えなさい。＿＿に数字を書きなさい。

① 椅子の上にスマホを置いていたら、＿＿ ＿＿ ＿＿ ＿＿ いました。

1. うちに　2. 知らない　3. なって　4. なく

② ＿＿ ＿＿ ＿＿ ＿＿、いろいろなことがあった。

1. まで　2. には　3. する　4. 完成

03 Track

錯題糾錯 NOTE

不要害怕做錯，越挫越勇！

日期＿＿　重點

復習次數 □□□□□

錯題＆錯解

正解＆解析

參考資料

錯題＆錯解

正解＆解析

參考資料

錯題＆錯解

正解＆解析

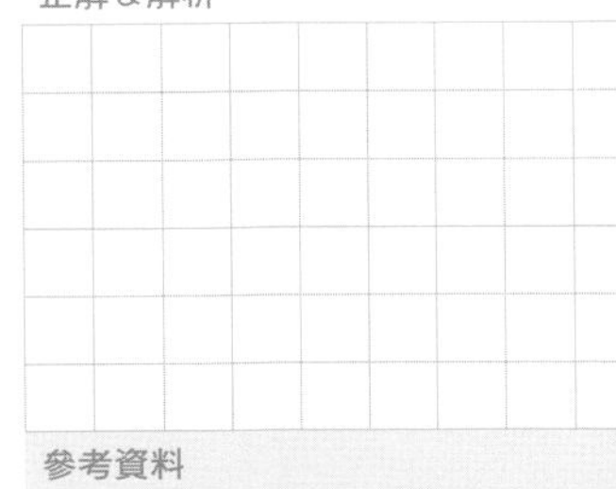

參考資料

4 原因、理由、結果（1）

／原因、理由、結果（1）

◆ せいか　／可能是（因為）…、或許是（由於）…的緣故吧

→ 接續方法：{名詞の；形容動詞詞幹な；[形容詞・動詞]普通形} ＋せいか

【原因】

(1) さっき飲んだ薬のせいか、胃の調子がおかしい。
可能是剛才吃的藥的關係，胃感覺不太舒服。

(2) うちの会社は残業が多いせいか、半年ぐらいで辞める人が少なくない。
大概是因為我們公司時常加班吧，不少人才半年左右就離職了。

【正面結果】

(1) 毎日体重を記録しているせいか、少しずつ減ってきた。
或許是因為每天堅持測量體重的關係，我的體重慢慢地減了下來。

◆ せいで、せいだ　／由於…、因為…的緣故、都怪…

→ 接續方法：{名詞の；形容動詞詞幹な；[形容詞・動詞]普通形} ＋せいで、せいだ

【原因】

(1) 母が動物が嫌いなせいで、犬を飼うことができない。
因為母親討厭動物，所以無法在家養狗。

(2) 喉が痛いのは、エアコンをつけたまま寝てしまったせいだと思う。
我想喉嚨痛是因為開著冷氣睡著的緣故。

單字及補充

▍調子（音樂）調子，音調；語調，聲調，口氣；格調，風格；情況，狀況 ▍残業 加班 ▍体重 體重 ▍記録 記錄，記載，（體育比賽的）紀錄 ▍減る 減，減少；磨損；（肚子）餓 ▍減らす 減，減少；削減，縮減；空（腹） ▍エアコン【air conditioning 之略】空調；溫度調節器 ▍合格 及格；合格 ▍出会う 遇見，碰見，偶遇；約會，幽會；（顏色等）協調，相稱

(3) 足を怪我したせいで、野球を続けることができなくなった。

由於腳受了傷，沒辦法再繼續打棒球了。

◆ おかげで、おかげだ　／多虧…、托您的福、因為…

→ 接續方法：{名詞の；形容動詞詞幹な；形容詞普通形・動詞た形} ＋おかげで、おかげだ

【原因】

(1) 先生方のおかげでN3のテストに合格できました。

承蒙老師們的指導，我才得以考過日檢N3。

(2) 私が彼女と出会えたのは、高橋さんのおかげです。

多虧了高橋先生牽線，我才能遇見她。

(3) たばこを止めたおかげで、体調が良くなった。

幸虧戒了菸，身體狀況好多了。

練習

Ⅰ [a,b] の中から正しいものを選んで、○をつけなさい。

① 薬の（a. おかげで　b. せいで）、傷はすぐ治りました。

② お前の（a. せい　b. わけ）でこんなことになってしまったんだぞ。どうしてくれる？

③ 年の（a. おかげ　b. せい）か、体の調子が悪い。

④ おやつを食べ（a. 過ぎる　b. 過ぎた）せいで、太った。

Ⅱ 下の文を正しい文に並べ替えなさい。＿＿＿に数字を書きなさい。

① 今度の先生が ＿＿＿ ＿＿＿ ＿＿＿ ＿＿＿ か、学生たちが勉強するようになった。

1. 若くて　2. せい　3. な　4. ハンサム

② 同僚 ＿＿＿ ＿＿＿ ＿＿＿ ＿＿＿ で、残業しなければならなくなった。

1. 休んだ　2. おかげ　3. 急に　4. が

錯題糾錯 NOTE

不要害怕做錯，越挫越勇！

日期＿＿＿　重點

復習次數 □□□□□

錯題 & 錯解

正解 & 解析

參考資料

錯題 & 錯解

正解 & 解析

參考資料

錯題 & 錯解

正解 & 解析

參考資料

5 原因、理由、結果（2）

／原因、理由、結果（2）

◆ につき ／因…、因為…

→ 接續方法：{名詞} ＋につき

【原因】

(1) 私有地（しゆうち）につき、立（た）ち入（い）り禁止（きんし）。
前為私有土地，禁止進入。

(2) 冷房中（れいぼうちゅう）につき、ドアを閉（し）めてください。
冷氣開放中，請隨手關門。

(3) 本日（ほんじつ）は定休日（ていきゅうび）につき、お休（やす）みさせていただいております。
本日公休，停止營業。

◆ によって（は）、により
／(1) 因為…；(2) 由…；(3) 依照…的不同而不同；(4) 根據…，經由

→ 接續方法：{名詞} ＋によって（は）、により

【理由】

(1) 台風（たいふう）により、サーフィン大会（たいかい）が延期（えんき）になった。
因颱風來襲，衝浪大會將延期舉行。

【被動句的動作主體】

(1) オリンピックスタジアムは隈研吾氏（くまけんごし）によって設計（せっけい）された。
奧林匹克體育場是由隈研吾氏所設計的。

【對應】

(1) 行（い）くかどうかは、明日（あした）の天気（てんき）によって決（き）める。
是否出發前往將視明日的天氣如何而決定。

單字及補充

▌本日（ほんじつ） 本日，今日 ▌休日（きゅうじつ） 假日，休息日 ▌平日（へいじつ）（星期日、節假日以外）平日；平常，平素 ▌オリンピック【Olympics】 奧林匹克 ▌争う（あらそう） 爭奪；爭辯；奮鬥，對抗，競爭 ▌不注意（ふちゅうい）（な） 不注意，疏忽，大意 ▌被害（ひがい） 受害，損失 ▌意外（いがい） 意外，想不到，出乎意料 ▌続く（つづく） 繼續，延續，連續；接連發生，接連不斷；隨後發生，接著；連著，通到，與…接連；接得上，夠用；後繼，跟上；次於，居次位

錯題糾錯 NOTE

不要害怕做錯，越挫越勇！

日期 ＿＿＿ 重點

復習次數 □□□□□

錯題 & 錯解

正解 & 解析

參考資料

錯題 & 錯解

正解 & 解析

參考資料

錯題 & 錯解

正解 & 解析

參考資料

【手段】

(1) 面接の結果はメールによってお知らせいたします。

面試結果如何將以 e-mail 通知您。

◆ による　／因…造成的…、由…引起的…

→ 接續方法：{名詞} ＋による

【原因】

(1) 不注意による大事故が起こった。

因疏忽而引起了重大的事故。

(2) 雨による被害は、意外に大きかった。

這場雨造成的損失意外的慘重。

(3) 運転手の信号無視による事故が続いている。

一連發生多起駕駛人闖紅燈所導致的車禍。

練習

Ⅰ [a,b] の中から正しいものを選んで、○をつけなさい。

① 状況（a. にそって　b. により）、臨機応変に対処してください。

② 台風（a. につき　b. につれて）、学校は休みになります。

③ 電球はエジソンによって（a. 発明された　b. 発明した）。

④ 最近、ニュースで人手不足（a. に関する　b. による）、倒産が増えている。

Ⅱ 下の文を正しい文に並べ替えなさい。＿＿＿に数字を書きなさい。

① ＿＿＿ ＿＿＿ ＿＿＿ ＿＿＿ 止まり、学校に遅刻した。

1. によって　2. が　3. 電車　4. 事故

②「きのこ」（木の子）という名前は、木 ＿＿＿ ＿＿＿ ＿＿＿ ＿＿＿。

1. 生える　2. による　3. に　4. こと

6 原因、理由、結果（3）

／原因、理由、結果（3）

◆ ものだから　／就是因為…，所以…

→ 接續方法：{[名詞・形容動詞詞幹]な；[形容詞・動詞]普通形} ＋ ものだから

【原因】

(1) 昨日(きのう)の晩(ばん)ずっと停電(ていでん)だったものだから、宿題(しゅくだい)ができなかった。
昨天停電停了一整晚，所以沒有辦法寫作業。

(2)「またビール買(か)ったの？まだ2ケースもあるよ。」「すごく安(やす)かったものだから、つい…。」
「你又買啤酒了嗎？我們還有整整兩箱呀！」「因為太便宜了，不小心就…」

(3)「来週一泊(らいしゅういっぱく)で温泉(おんせん)に行(い)かない？」「ゴメン。今(いま)、お金(かね)がないものだから。」
「下星期要不要來趟住一宿的溫泉之旅啊？」「抱歉，我最近手頭比較緊。」

◆ もので　／因為…、由於…

→ 接續方法：{形容動詞詞幹な；[形容詞・動詞]普通形} ＋もので

【理由】

(1) 一人暮(ひとりぐ)らしなもので、毎日気楽(まいにちきらく)に生活(せいかつ)しています。
因為一個人生活，所以每天都過得輕鬆自在。

(2) 最近忙(さいきんいそが)しいもので、連絡(れんらく)できなくてすみません。
很抱歉，最近太忙了一直沒連繫你。

(3)「眠(ねむ)そうね。」「うん。昨日眠(きのうねむ)れなかったもので。」
「你看起來好像很睏呢。」「嗯，因為昨晚一直翻來覆去睡不著。」

單字及補充

▍ビール【(荷) bier】啤酒　▍ワイン【wine】葡萄酒；水果酒；洋酒　▍ミルク【milk】牛奶；煉乳
▍泊(はく)・泊(ぱく)　宿，過夜；停泊　▍眠(ねむ)る　睡覺；埋藏　▍値段(ねだん)　價錢　▍上(あ)がる　登上；升高，上升；發出（聲音）；（從水中）出來；（事情）完成　▍値上(ねあ)がり　價格上漲，漲價　▍値上(ねあ)げ　提高價格，漲價

◆ わけだ ／(1) 也就是說…；(2) 當然…、難怪…

→ 接續方法：{形容動詞詞幹な；[形容詞・動詞] 普通形} ＋ わけだ

【換個說法】

(1) 通訳試験の合格率は 10%だから、10 人受けても一人しか合格しないわけだ。
翻譯考試的合格率是 10%，也就是說 10 個人之中只有 1 人能通過。

【結論】

(1) 窓を開けたまま寝ていた。道理で寒いわけだ。
窗戶開著就睡著了，難怪會冷啊。

(2)「今年は大雨が続いたね。」「それで野菜の値段が上がっているわけね。」
「今年豪大雨持續下了好一陣子呢。」「難怪蔬菜的價格會不斷上漲啊。」

練習

Ⅰ [a,b] の中から正しいものを選んで、○をつけなさい。

① 「去年、金婚式だったんです。」「それじゃ、大阪万博の年に結婚されたという（a. わけ　b. もの）ですね。」

② パソコンが壊れたもの（a. なので　b. だから）、レポートが書けなかった。

③ 走ってきた（a. ものの　b. もので）、息が切れている。

④ 叱られると焦る（a. もので　b. ものか）、ますますミスが増えてしまいます。

Ⅱ 下の文を正しい文に並べ替えなさい。＿＿＿に数字を書きなさい。

① 日本語がまだ ＿＿＿ ＿＿＿ ＿＿＿ ＿＿＿、失礼なことを言ったらすみません。

1. もの　2. から　3. 下手な　4. です

② 3年間留学していたのか。道理で ＿＿＿ ＿＿＿ ＿＿＿ ＿＿＿ だ。

1. が　2. わけ　3. ペラペラな　4. 英語

錯題糾錯 NOTE

不要害怕做錯，越挫越勇！

日期＿＿＿　重點

復習次數 □□□□□

錯題＆錯解

正解＆解析

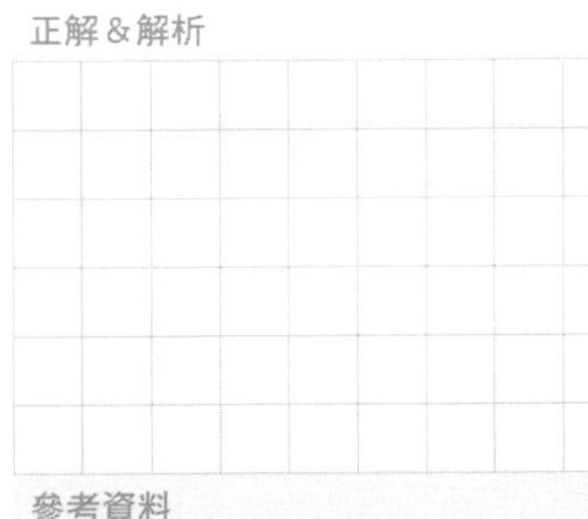

參考資料

錯題＆錯解

正解＆解析

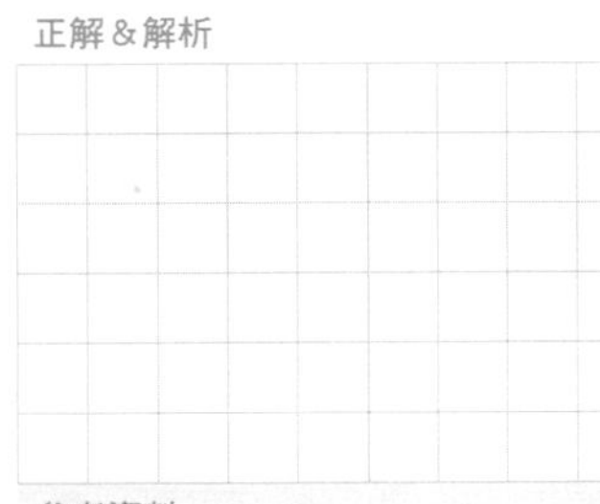

參考資料

錯題＆錯解

正解＆解析

參考資料

7 原因、理由、結果（4）

／原因、理由、結果（4）

◆ もの、もん ／(1) 就是因為…嘛；(2) 因為…嘛

→ 接續方法：{[名詞・形容動詞詞幹な] んだ；[形容詞・動詞] 普通形んだ} ＋もの、もん

【強烈斷定】

(1) 孫（まご）のためなら、何（なん）でもするわ。可愛（かわい）いんだもの。

如果是為了孫女，我什麼都可以做。誰叫孫女那麼可愛呢？

(2)「もう行（い）くよ。早（はや）く。」「嫌（いや）だ。だってボク、あれが欲（ほ）しいんだもん。」(口語)

「要走囉，快點。」「不要！人家就想要那個嘛！」

【說明理由】

(1) ニュースはあまり見（み）ません。だって同（おな）じことばかりやっていて、面白（おもしろ）くないんですもの。

我不太看新聞，因為新聞老是播一樣的東西，實在沒趣。

(2)「どうしてお友達（ともだち）を叩（たた）いたの？」「だって、哲人君（てつとくん）が先（さき）に叩（たた）いたんだもん。」

「你為什麼要打朋友？」「是哲人君先打我的呀！」

◆ ところだった ／（差一點兒）就要…了、險些…了；差一點就…可是…

→ 接續方法：{動詞辭書形} ＋ところだった

【結果】

(1) あ、明日（あした）は彼女（かのじょ）の誕生日（たんじょうび）だ。もう少（すこ）しで忘（わす）れるところだった。

啊，明天是她的生日，我差點就忘了。

單字及補充

▍孫（まご） 孫子；隔代，間接 ▍姪（めい） 姪女，外甥女 ▍叩く（たたく） 敲，叩；打；詢問，徵求；拍，鼓掌；攻擊，駁斥；花完，用光 ▍殴る（なぐる） 毆打，揍；草草了事 ▍掴む（つかむ） 抓，抓住，揪住，握住；掌握到，瞭解到 ▍ジュース【juice】果汁，汁液，糖汁，肉汁 ▍酒（さけ） 酒（的總稱），日本酒，清酒 ▍酒（しゅ） 酒 ▍茶（ちゃ） 茶；茶樹；茶葉；茶水

(2) 家を出るのがあと１分遅かったら、電車に乗り遅れるところでした。

要是再晚一分鐘出門，就趕不上電車了。

(3)「それ、お酒よ。」「えっ、ジュースかと思って飲むところだったよ。」

「那個，是酒喔！」「咦？我以為是果汁差點就喝了！」

(4) 詐欺メールのことを教えてくれなかったら、騙されてお金を取られるところだった。

如果沒有你告訴我那是詐騙郵件，我差點就上當，錢財就被騙走了。

練習

Ⅰ [a,b] の中から正しいものを選んで、○をつけなさい。

① もう少しで二人きりになれる（a. ところだ　b. ところだった）のに、彼女が台無しにしたのよ。

②「プロポーズ、断ったの？」「ええ。結婚なんてまだ早い（a. もの　b. ものの）。」

③ もしあと５分遅かったら、大きな事故（a. になる　b. になっている）ところでした。

④「どうしてそんなにたくさん買ったの？」「すごく安かったんだ（a. もの　b. こと）。」

Ⅱ 下の文を正しい文に並べ替えなさい。＿＿＿に数字を書きなさい。

①「さっき始めたばかりなのに、もう止めるの？」「だって　＿＿＿　＿＿＿　＿＿＿　＿＿＿。」

1. わからない　　2. もん　　3. 全然　　4. んだ

② もう少しで　＿＿＿　＿＿＿　＿＿＿　＿＿＿。

1. ところ　　2. はねられる　　3. だった　　4. 車に

錯題糾錯 NOTE

不要害怕做錯，越挫越勇！

日期＿＿＿　重點

復習次數 □□□□□

錯題＆錯解

正解＆解析

參考資料

錯題＆錯解

正解＆解析

參考資料

錯題＆錯解

正解＆解析

參考資料

8 推量、判斷、可能性（1）

／推測、判斷、可能性（1）

◆ にきまっている ／肯定是…、一定是…

→ 接續方法：{名詞；[形容詞・動詞]普通形} ＋に決まっている

【自信推測】

(1) 時給2000円ももらってるって？そんな話、嘘に決まってるよ。
他說他的時薪有到2000圓嗎？那種事，一定是騙人的。

(2) 誰だって自分の子どもはかわいいに決まっている。
不論是誰一定都覺得自家的孩子最可愛的。

(3) コンビニよりスーパーの方が安いに決まっている。
超市一定比便利商店便宜的。

◆ にちがいない ／一定是…、准是…

→ 接續方法：{名詞；形容動詞詞幹；[形容詞・動詞]普通形} ＋に違いない

【肯定推測】

(1) 小林さんは家を5軒も持っているから、お金持ちに違いない。
小林先生擁有多達5棟房子，肯定家財萬貫。

(2) オリンピックで話題になったので、スケボーの人気が高まるに違いない。
由於在奧林匹克掀起了話題，滑板的人氣肯定會直線上升。

(3) 今日は金曜日だから、居酒屋はどこも混んでいるに違いない。
今天是星期五，居酒屋肯定到處都人潮爆滿。

單字及補充

▍軒・軒 軒昂，高昂；屋簷；表房屋數量，書齋，商店等雅號 ▍畳（計算草蓆、席墊）塊，疊；重疊 ▍持ち 負擔，持有，持久性 ▍コンビニ（エンスストア）【convenience store】便利商店 ▍人気 人緣，人望 ▍跳ぶ 跳，跳起；跳過（順序、號碼等） ▍曜日 星期 ▍消費 消費，耗費 ▍税金 稅金，稅款

◆ おそれがある ／恐怕會…、有…危險

→ 接續方法：{名詞の；形容動詞詞幹な；[形容詞・動詞]辭書形} ＋恐れがある

【推測】

(1) 東海岸地方(ひがしかいがんちほう)では、今晩遅(こんばんおそ)くから雨(あめ)や風(かぜ)が強(つよ)くなる恐(おそ)れがあります。
東海岸地區今天深夜開始風雨將會有增強的趨勢。

(2) 消費税(しょうひぜい)は数年以内(すうねんいない)にまた上(あ)がる恐(おそ)れがある。
消費稅在幾年內恐怕又要上漲了。

(3) 予定(よてい)の時間(じかん)に着(つ)かない恐(おそ)れがありますから、タクシーで行(い)きましょう。
這樣可能沒辦法在預定的時間內到達，我們坐計程車前往吧。

練習

Ⅰ [a,b] の中から正しいものを選んで、○をつけなさい。

① このアニメを子(こ)どもに見(み)せるのは不適切(ふてきせつ)な（a. かねない　b. 恐(おそ)れがある）。

② 「12時(じ)過(す)ぎたね。どこもいっぱいかな？」「あの店(みせ)は？いつも空(す)いているから、今(いま)から行(い)っても座(すわ)れる（a. に決(き)めって　b. に決(き)まって）いるさ。」

③ ああ、今日(きょう)の試験(しけん)、だめだった（a. に違(ちが)いない　b. にすぎない）。

④ みんな一緒(いっしょ)のほうが、安心(あんしん)（a. に決(き)まっている　b. の恐(おそ)れがある）。

Ⅱ 下の文を正しい文に並べ替えなさい。＿＿＿に数字を書きなさい。

① 中国人(ちゅうごくじん)にとって、日本語(にほんご)の漢字(かんじ)＿＿＿ ＿＿＿ ＿＿＿ ＿＿＿。

1. 易(やさ)しい　2. は　3. に　4. 違(ちが)いない

② この地震(じしん)に＿＿＿ ＿＿＿ ＿＿＿ ＿＿＿はありません。

1. 津波(つなみ)　2. 恐(おそ)れ　3. よる　4. の

錯題糾錯 NOTE

不要害怕做錯，越挫越勇！

日期＿＿＿　重點

復習次數 □□□□□

錯題 & 錯解

正解 & 解析

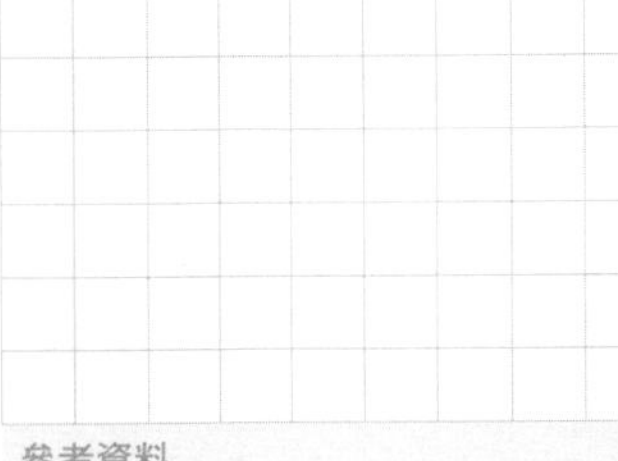

參考資料

錯題 & 錯解

正解 & 解析

參考資料

錯題 & 錯解

正解 & 解析

參考資料

9 推量、判斷、可能性（2）

／推測、判斷、可能性（2）

◆ わけがない、わけはない　／不會…、不可能…

→ 接續方法：{形容動詞詞幹な；[形容詞・動詞] 普通形} ＋わけが（は）ない

【強烈主張】

(1) こんな簡単(かんたん)な料理(りょうり)も作(つく)れないなんて、プロのシェフのわけがない。
連這麼簡單的料理都不會做，他不可能是專業的廚師。

(2) 一人(ひとり)２万円(まんえん)のコース料理(りょうり)だから、美味(おい)しくないわけはないんだけど…。
要價一人兩萬圓的套餐料理，照理來說應該不可能不好吃的，可是…。

(3)「雄太(ゆうた)、大丈夫(だいじょうぶ)か。」「39度(ど)も熱(ねつ)があるんだから、大丈夫(だいじょうぶ)なわけないよ。」
「雄太，你還好嗎？」「發燒都燒到 39 度了怎麼可能沒事嘛。」

◆ わけではない、わけでもない　／並不是…、並非…

→ 接續方法：{形容動詞詞幹な；[形容詞・動詞] 普通形} ＋わけではない、わけでもない

【部分否定】

(1) 夫婦(ふうふ)だからといって、相手(あいて)の携帯(けいたい)を見(み)ていいわけではない。
就算是夫妻，也不能隨意看對方的手機。

(2) カラオケは好(す)きでよく行(い)くけど、歌(うた)が上手(じょうず)なわけではない。
因為喜歡所以經常上卡拉 OK，但也不是特別會唱。

(3) アメリカに住(す)んでいれば英語(えいご)がペラペラになるというわけでもない。
並不是只要住在美國，自然就會說一口流利的英語。

單字及補充

▎プロ【professional 之略】職業選手，專家　▎コース【course】路線，（前進的）路徑；跑道；課程，學程；程序；套餐　▎夫婦(ふうふ) 夫婦，夫妻　▎一体(いったい) 一體，同心合力；一種體裁；根本，本來；大致上；到底，究竟　▎親(した)しい（血緣）近；親近，親密；不稀奇　▎相手(あいて) 夥伴，共事者；對方，敵手；對象　▎携帯(けいたい) 攜帶；手機（「携帯電話(けいたいでんわ)」的簡稱）　▎締(し)め切(き)り（時間、期限等）截止，屆滿；封死，封閉；截斷，斷流　▎できる 完成；能夠

◆ ないこともない、ないことはない

／(1) 應該不會不…；(2) 並不是不…、不是不…；可以、可能

→ 接續方法：{動詞否定形} ＋ないことも（は）ない

【推測】

（1）この肉、ちょっと硬いけど、食べられないことはないでしょう。

這肉雖然有些硬，但應該不至於到難以下嚥吧？

（2）走っていけば間に合わないことはないだろうから、がんばって走ろう。

跑步的話應該也不是不能趕上，快加把勁跑吧！

【消極肯定】

（1）締め切りは８月末ですか。できないことはないと思うけど、少しきついね。

繳交期限是８月底嗎？雖然可以交得出來，但有點緊迫呢。

練習

Ⅰ [a,b] の中から正しいものを選んで、○をつけなさい。

① 人生は不幸なことばかりある（a. わけではない　b. わけにはいかない）だろう。

② 日本語を（a. 話せないことはない　b. 話せないではいられない）が、通じるかどうかは分からない。

③ 甘いものばかり食べているのだから、（a. 痩せないわけにはいかない　b. 痩せるわけがない）。

④ 中学で習うことですよ。（a. 知らないことはない　b. 知るわけではない）でしょう。

Ⅱ 下の文を正しい文に並べ替えなさい。＿＿＿に数字を書きなさい。

① 医学部に合格する ＿＿＿ ＿＿＿ ＿＿＿ ＿＿＿ ですよ。

1. わけは　2. ない　3. 簡単な　4. のが

② 学生時代、＿＿＿ ＿＿＿ ＿＿＿ ＿＿＿ ではない。よくマージャンもした。

1. 勉強　2. わけ　3. していた　4. ばかり

錯題糾錯 NOTE

不要害怕做錯，越挫越勇！

日期　重點

復習次數

錯題＆錯解

正解＆解析

參考資料

錯題＆錯解

正解＆解析

參考資料

錯題＆錯解

正解＆解析

參考資料

10 推量、判斷、可能性（3）

／推測、判斷、可能性（3）

◆ みたい（だ）、みたいな ／(1) 像…一樣的；(2) 想要嘗試…；(3) 好像…

→ 接續方法：みたいな＋名詞；{動詞て形} ＋てみたい；{名詞；形容動詞詞幹；[動詞・形容詞] 普通形} ＋みたい（だ）、みたいな

【比喻】

(1) あなたのお姉(ねえ)さん、きれいねえ。まるで女優(じょゆう)さんみたい。

你姊姊真是花容月貌，簡直就像女明星一樣。

(2) 将来(しょうらい)はハワイみたいな気候(きこう)のいいところに住(す)みたい。

將來想要住在像夏威夷一樣氣候宜人的地方。

【嘗試】

(1) スケボーって面白(おもしろ)そうだね。僕(ぼく)もやってみたいなあ。

溜滑板好像很有趣喔，我也好想玩玩看啊。

【推測】

(1) 太郎君(たろうくん)は雪(ゆき)ちゃんに気(き)があるみたいだよ。

太郎對小雪好像有好感喔。

◆ っけ ／是不是…來著、是不是…呢

→ 接續方法：{名詞だ（った）；形容動詞詞幹だ（った）；[動詞・形容詞] 普通形} ＋っけ

【確認】

(1)「単語(たんご)のテスト、今日(きょう)だっけ。」「そうよ。勉強(べんきょう)してきた？」

「單字小考是今天嗎？」「是啊，你準備了嗎？」

單字及補充

- 美人(びじん) 美人，美女
- お洒落(しゃれ) 打扮漂亮，愛漂亮的人
- 化粧(けしょう) 化妝，打扮；修飾，裝飾，裝潢
- 女優(じょゆう) 女演員
- 将来(しょうらい) 將來
- 先日(せんじつ) 前天；前些日子
- 前日(ぜんじつ) 前一天
- 一昨日(いっさくじつ) 前一天，前天
- 気(き) 氣，氣息；心思；意識；性質

(2)「昨日(きのう)の晩(よる)、何(なに)食(た)べたっけ。」「いやあね。餃子(ぎょうざ)でしょ。」

「我昨晚吃了什麼來著？」「哎呀，是餃子啦！」

(3) 今日(きょう)はぼくらの結婚記念日(けっこんきねんび)だっけ。

今天是我們的結婚紀念日嗎？

(4) あの人(ひと)、どこかで前(まえ)に会(あ)ったっけ。

那個人，之前好像在哪裡見過？

練習

Ⅰ [a,b] の中から正しいものを選んで、○をつけなさい。

① ここ、来(き)たこと（a. なかった　b. だった）っけ。

② 何(なん)だかだるいなあ。風邪(かぜ)をひいた（a. みたい　b. そう）だ。

③ 角(かど)に中東料理(ちゅうとうりょうり)のレストランができたんだって。食(た)べて（a. ほしい　b. みたい）ね。

④ あの映画(えいが)、そんなに面白(おもしろ)かった（a. とか　b. っけ）。

Ⅱ 下の文を正しい文に並べ替えなさい。＿＿に数字を書きなさい。

① 空(そら)に ＿＿ ＿＿ ＿＿ ＿＿ が浮(う)かんでいる。

1. みたい　2. 綿(わた)　3. な　4. 雲(くも)

② さて、寝(ね)るか。もう ＿＿ ＿＿ ＿＿ ＿＿。

1. は　2. っけ　3. 歯磨(はみが)き　4. したんだ

錯題糾錯 NOTE

不要害怕做錯，越挫越勇！

日期 ＿＿＿　重點

復習次數 □□□□□

錯題＆錯解

正解＆解析

參考資料

錯題＆錯解

正解＆解析

參考資料

錯題＆錯解

正解＆解析

參考資料

11 推量、判断、可能性（4）

／推測、判斷、可能性（4）

◆（の）ではないだろうか、（の）ではないかとおもう
／(1) 是不是…啊、不就…嗎；(2) 我想…吧

→ 接續方法：{名詞；[形容詞・動詞] 普通形} ＋（の）ではないだろうか、（の）ではないかと思う

【推測】

(1) 運転手(うんてんしゅ)はわざと事故(じこ)を起(お)こしたのではないだろうか。
駕駛難道是故意肇事的嗎？

(2) 11 時過(じす)ぎだし、彼(かれ)はもう寝(ね)ているのではないだろうか。電話(でんわ)は明日(あした)にしよう。
時間也已過 11 點，他大概睡了吧？電話明天再打吧。

【判斷】

(1) 最近(さいきん)、日本語(にほんご)のできる外国人(がいこくじん)も増(ふ)えてきているのではないかと思(おも)う。
我認為近來會說日語的外國人似乎有逐漸增加的趨勢。

(2) その日(ひ)、私(わたし)は都合(つごう)がつかないのではないかと思(おも)います。
我想我那天，恐怕不太方便。

◆ んじゃない、んじゃないかとおもう ／不…嗎、莫非是…

→ 接續方法：{名詞な；形容動詞詞幹な；[形容詞・動詞] 普通形} ＋んじゃない、んじゃないかと思う

單字及補充

▍運転手(うんてんしゅ) 司機 ▍衝突(しょうとつ) 撞，衝撞，碰上；矛盾，不一致；衝突 ▍信号(しんごう) 信號，燈號；(鐵路、道路等的)號誌；暗號 ▍渋滞(じゅうたい) 停滯不前，遲滯，阻塞 ▍味噌汁(みそしる) 味噌湯 ▍スープ【soup】湯（多指西餐的湯）▍饂飩(うどん) 烏龍麵條，烏龍麵 ▍マヨネーズ【mayonnaise】美乃滋，蛋黃醬 ▍一度(いちど) 一次，一回；一旦

【主張】

(1) この味噌汁、ちょっと塩辛いんじゃない。
這味噌湯，是不是有點太鹹了？

(2) あの白い帽子をかぶっている人、原田さんなんじゃない。
那位戴著白色帽子的，是不是原田太太？

(3) そんな言い方しなくてもいいんじゃない。
也沒有必要那樣說話吧？

(4) もう一度やればできるんじゃないかと思うけど。
我倒覺得再試一次的話應該就能做到了。

練習

Ⅰ [a,b] の中から正しいものを選んで、○をつけなさい。

① こんなうまい話は、うそ（a. しかない　b. ではないか）と思う。

② そこまで必要ない（a. んじゃない　b. なんじゃない）。

③ こんなことを頼んだら、迷惑（a. でもない　b. ではない）だろうか。

④ あの人、髪長くてスカート履いてるけど、男（a. じゃないじゃない　b. なんじゃない）。

Ⅱ 下の文を正しい文に並べ替えなさい。＿＿＿に数字を書きなさい。

① 彼は誰よりも君を ＿＿＿ ＿＿＿ ＿＿＿ ＿＿＿ と思う。

1. ないか　2. では　3. の　4. 愛していた

② その ＿＿＿ ＿＿＿ ＿＿＿ ＿＿＿ かと思う。

1. 十分　2. じゃない　3. ぐらいで　4. なん

錯題糾錯 NOTE
不要害怕做錯，越挫越勇！

日期 ＿＿＿　重點
復習次數 □□□□□

錯題 & 錯解

正解 & 解析

參考資料

錯題 & 錯解

正解 & 解析

參考資料

錯題 & 錯解

正解 & 解析

參考資料

12 樣態、傾向（1）

／狀態、傾向（1）

◆ だらけ　／全是…、滿是…、到處是…

→ 接續方法：{名詞} ＋だらけ

【狀態】

(1) 窓(まど)のそばに血(ち)だらけの男(おとこ)の人(ひと)が倒(たお)れていた。
窗戶旁邊躺著一個渾身是血的男人。

(2) 長(なが)い間(あいだ)留守(るす)にしていたので、家中(いえじゅう)ほこりだらけだった。
由於很長一段時間不在家，家中到處都佈滿了灰塵。

(3) 初(はじ)めて中国語(ちゅうごくご)で書(か)いた手紙(てがみ)は間違(まちが)いだらけだった。
我第一次用中文書寫的信件錯誤連篇。

◆ いっぽうだ　／一直…、不斷地…、越來越…

→ 接續方法：{動詞辭書形} ＋一方だ

【傾向】

(1) コロナで仕事(しごと)がなくなって、貯金(ちょきん)が減(へ)る一方(いっぽう)だ。
受疫情影響而沒了工作，積蓄日漸減少。

(2) 外国語(がいこくご)は使(つか)わないと、忘(わす)れる一方(いっぽう)だ。
外語若不經常活用，就會日漸生疏，容易遺忘。

(3) 夕方(ゆうがた)少(すこ)し下(さ)がったが、夜(よる)になって熱(ねつ)は上(あ)がる一方(いっぽう)だ。
傍晚時稍有降溫，但到了晚上卻燒得厲害。

單字及補充

▌留守番(るすばん) 看家，看家人 ▌ノック【knock】 敲打；（來訪者）敲門；打球 ▌ロック【lock】 鎖，鎖上，閉鎖 ▌間違い(まちがい) 錯誤，過錯；不確實 ▌貯金(ちょきん) 存款，儲蓄 ▌休(やす)む 休息，歇息；停歇；睡，就寢；請假，缺勤 ▌気分(きぶん) 情緒；氣氛；身體狀況 ▌プレゼント【present】 禮物 ▌遠慮(えんりょ) 客氣；謝絕

◆ がちだ、がちの　／經常，總是；容易…、往往會…、比較多

→ 接續方法：{名詞；動詞ます形} ＋がちだ、がちの

【傾向】

(1) 子(こ)どもの時(とき)は病気(びょうき)がちで、よく学校(がっこう)を休(やす)んだ。
兒時的我體弱多病，經常向學校請假。

(2) 天気(てんき)が悪(わる)いと、気分(きぶん)も暗(くら)くなりがちだ。
天氣不好，心情往往也跟著情緒低落。

(3) 彼女(かのじょ)にプレゼントを渡(わた)すと、遠慮(えんりょ)がちに受(う)け取(と)ってくれた。
拿出禮物送給她，她不太好意思地收下了。

練習

Ⅰ [a,b] の中から正しいものを選んで、○をつけなさい。

① 勉強(べんきょう)が遅(おく)れ（a. がち　b. っぽい）の友(とも)だちの宿題(しゅくだい)を手(て)伝(つだ)ってあげた。

② 景気(けいき)は、悪(わる)く（a. なる　b. なった）一方(いっぽう)だ。

③ 桜(さくら)が散(ち)って、車(くるま)が花(はな)びら（a. ずくめ　b. だらけ）になった。

④ 現代人(げんだいじん)は寝不足(ねぶそく)になり（a. がち　b. ぎみ）だ。

Ⅱ 下の文を正しい文に並べ替えなさい。＿＿＿に数字を書きなさい。

① トレーニングしないと、運動能力(うんどうのうりょく) ＿＿＿ ＿＿＿ ＿＿＿ ＿＿＿ だ。

1. いく　2. 落(お)ちて　3. 一方(いっぽう)　4. は

② ＿＿＿ ＿＿＿ ＿＿＿ ＿＿＿、山道(やまみち)を下(お)りて行(い)った。

1. だらけ　2. なって　3. きず　4. に

錯題糾錯 NOTE

不要害怕做錯，越挫越勇！

日期 ＿＿＿　重點

復習次數 □□□□□

錯題＆錯解

正解＆解析

參考資料

錯題＆錯解

正解＆解析

參考資料

錯題＆錯解

正解＆解析

參考資料

13 様態、傾向（2）

／狀態、傾向（2）

◆ み　／帶有…、…感

→ 接續方法：{[形容詞・形容動詞] 詞幹} ＋み

【狀態】

（1）2024 年(ねん)、パリで皆(みな)さんに会(あ)えるのを楽(たの)しみにしています。

很期待 2024 年與大家在巴黎相會。

（2）私(わたし)の苦(くる)しみは誰(だれ)にもわかってもらえない。

沒有人能理解我的痛苦難受。

（3）この風邪薬(かぜぐすり)はのどの痛(いた)みにもよく効(き)きますよ。

這種感冒藥對喉嚨痛也很有效喔！

◆ っぽい　／看起來好像…、感覺像…

→ 接續方法：{名詞；動詞ます形} ＋っぽい

【傾向】

（1）今朝(けさ)からどうも熱(ねつ)っぽい。風邪(かぜ)を引(ひ)いたのだろうか。

今天一早起來就覺得有點發燒，我是不是感冒了呢？

（2）この店(みせ)の料理(りょうり)はどれも油(あぶら)っぽくて、苦手(にがて)だ。

這家店的菜每道都油膩膩的，讓我實在難以下嚥。

（3）私(わたし)は飽(あ)きっぽくて、何(なに)をやっても長続(ながつづ)きしない。

我做事總是只有三分鐘熱度，做什麼都無法持之以恆。

單字及補充

▍**傷(いた)める・痛(いた)める** 使（身體）疼痛，損傷；使（心裡）痛苦　▍**かかる** 生病；遭受災難　▍**効(き)く** 有效，奏效；好用，能幹；可以，能夠；起作用；（交通工具等）通，有　▍**治(なお)す** 醫治，治療　▍**ダウン【down】** 下，倒下，向下，落下；下降，減退；（棒）出局；（拳擊）擊倒　▍**治療(ちりょう)** 治療，醫療，醫治　▍**続(つづ)き** 接續，繼續；接續部分，下文；接連不斷　▍**連続(れんぞく)** 連續，接連　▍**次々(つぎつぎ)・次々(つぎつぎ)に・次々(つぎつぎ)と** 一個接一個，接二連三地，絡繹不絕的，紛紛；按著順序，依次

◆ ぎみ ／有點…、稍微…、…趨勢

→ 接續方法：{名詞；動詞ます形} ＋気味

【傾向】

(1) 来週(らいしゅう)１週間(しゅうかん)は曇(くも)りぎみの日(ひ)が多(おお)いでしょう。
接下來的一週天氣多為陰天。

(2)「お子(こ)さん、どうしたの？」「ちょっと風邪(かぜ)ぎみで、熱(ねつ)があるみたい。」
「令郎怎麼了？」「他有點感冒徵兆，好像還有點發燒。」

(3) 最近(さいきん)太(ふと)りぎみだから、ダイエットしなくっちゃ。
最近好像有點胖了，不減肥不行了。

練習

Ⅰ [a,b] の中から正しいものを選んで、○をつけなさい。

① 煙草(たばこ)をやめてから、（a. 太(ふと)り　b. 太(ふと)った）気味(ぎみ)だ。

② あの人(ひと)は忘(わす)れ（a. っぽくて　b. らしくて）困(こま)る。

③ この包丁(ほうちょう)は（a. 厚(あつ)み　b. 厚(あつ)がち）のある肉(にく)もよく切(き)れる。

④ 父(ちち)は年(とし)を取(と)るにつれて、だんだん怒(おこ)り（a. 気味(ぎみ)に　b. っぽく）なってきた。

Ⅱ 下の文を正しい文に並べ替えなさい。＿＿＿に数字を書きなさい。

① また同(おな)じミスをしたのか。＿＿＿ ＿＿＿ ＿＿＿ ＿＿＿ んじゃないか。

1. 真剣(しんけん)み　2. ちょっと　3. 足(た)りない　4. が

② 先月(せんげつ)からレポートの ＿＿＿ ＿＿＿ ＿＿＿ ＿＿＿ か。

1. 提出(ていしゅつ)が　2. ぎみ　3. じゃない　4. 遅(おく)れ

錯題糾錯 NOTE

不要害怕做錯，越挫越勇！

日期＿＿＿　重點

復習次數 □□□□□

錯題＆錯解

正解＆解析

參考資料

錯題＆錯解

正解＆解析

參考資料

錯題＆錯解

正解＆解析

參考資料

14 様態、傾向（3）

／狀態、傾向（3）

◆ かけ（の）、かける ／(1) 快…了；(2) 對…；(3) 做一半、剛…、開始…

→ 接續方法：{動詞ます形} ＋かけ（の）、かける

【狀態】

(1) あまりの暑(あつ)さで、池(いけ)の魚(さかな)が死(し)にかけている。

酷暑難耐，池子裡的魚也都是一副半死不活的樣子。

【涉及對方】

(1) クラスメートに呼(よ)びかけて、ビーチでゴミ拾(ひろ)いをした。

號召了班上同學，一起到海灘撿垃圾。

【中途】

(1) こんなところに食(た)べかけのチョコレートを置(お)かないでよ。

不要把吃了一半的巧克力放在這裡！

◆ むきの、むきに、むきだ ／(1) 朝…；(2) 合於…、適合…

→ 接續方法：{名詞} ＋向きの、向きに、向きだ

【方向】

(1) 夕陽(ゆうひ)を見(み)ながらビールを飲(の)みたくて西向(にしむ)きの部屋(へや)を借(か)りた。

為了能一邊看夕陽一邊暢飲啤酒，於是租了一間面西的房子。

(2) 日本(にほん)の家(いえ)は、キッチンは東向(ひがしむ)き、リビングは南向(みなみむ)きの造(つく)りが多(おお)い。

日本的房屋大多是廚房朝東，客廳朝南的格局。

【適合】

(1) この教科書(きょうかしょ)は全部(ぜんぶ)に訳文(やくぶん)がついていて、初心者向(しょしんしゃむ)きだ。

這本教科書全書附有完整的翻譯，很適合初學者使用。

單字及補充

▍クラスメート【classmate】同班同學 ▍キッチン【kitchen】廚房 ▍リビング【living】起居間，生活間 ▍向(む)く 朝，向；傾向，趨向；適合；面向，著 ▍向(む)ける 向，朝，對；差遣，派遣；撥用，用在 ▍教科書(きょうかしょ) 教科書，教材 ▍デザイン【design】設計（圖）；（製作）圖案 ▍メニュー【menu】菜單

◆ むけの、むけに、むけだ　／適合於…

→ 接續方法：{名詞} ＋向けの、向けに、向けだ

【適合】

（1）この店の服はサイズもデザインも若い人向けだ。

這家店的衣服不論是尺寸或造型全都針對年輕族群設計的。

（2）同じ車でも、国内向けと海外向けでは内装が異なる。

即使是同一款車型，也會因為販售於國內外的不同，而在內裝上有所差異。

（3）こちらのメニューはお子様向けに辛さを抑えてあります。

這邊的菜單都是專為孩童調配的低辣度菜色。

練習

Ⅰ [a,b] の中から正しいものを選んで、○をつけなさい。

① 童話作家ですが、たまに大人（a. 向き　b. 向け）の小説も書きます。

② 道で外国人に話し（a. かけ　b. 向け）られて、思わず「No、No」と言ってしまった。

③ あなたはどう見ても、漫画家（a. 向き　b. 向け）ではないよ。

④（a. 書きかけ　b. 書いたまま）のレポートを今日中に完成させるつもりだ。

Ⅱ 下の文を正しい文に並べ替えなさい。＿＿＿に数字を書きなさい。

① 何事にも ＿＿＿ ＿＿＿ ＿＿＿ ＿＿＿ 取り組んでいるあなたが好きです。

1. に　2. いつも　3. 向き　4. 前

② お客さんを増やすために、＿＿＿ ＿＿＿ ＿＿＿ ＿＿＿ を立ち上げた。

1. の　2. 向け　3. 外国人　4. サイト

錯題糾錯 NOTE

不要害怕做錯，越挫越勇！

日期＿＿＿　重點

復習次數 □□□□□

錯題＆錯解

正解＆解析

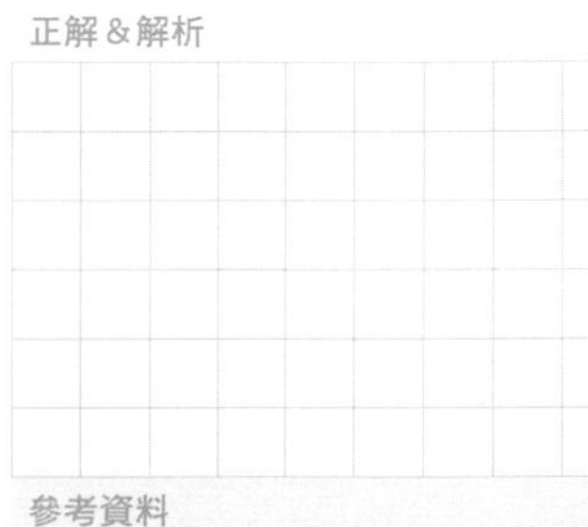

參考資料

錯題＆錯解

正解＆解析

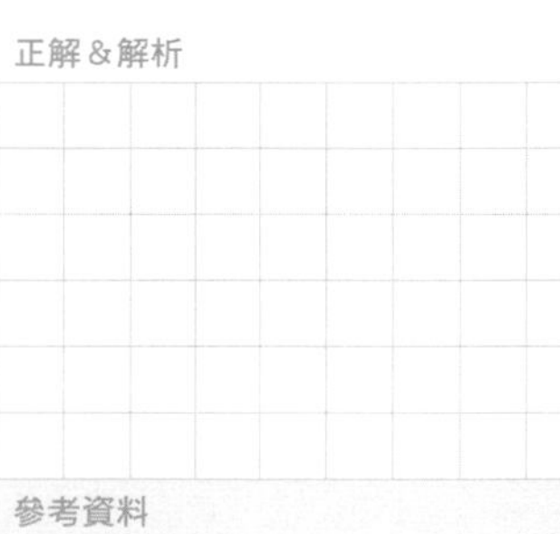

參考資料

錯題＆錯解

正解＆解析

參考資料

15 程度（1）

／程度（1）

◆ ほど　／(1)…得、…得令人；(2) 越…越…

→ 接續方法：{名詞；形容動詞詞幹な；[形容詞・動詞] 辭書形} ＋ほど

【程度】

(1) 彼(かれ)の娘(むすめ)さんは中学生(ちゅうがくせい)とは思(おも)えないほどしっかりしている。
他的女兒成熟懂事得不像是國中生。

(2) 立川(たちかわ)さんの作(つく)った餃子(ぎょうざ)、びっくりするほど美味(おい)しいのよ。
立川先生做的餃子味美料香，令人驚豔。

【平行】

(1) 周囲(しゅうい)に反対(はんたい)されるほど恋(こい)は燃(も)え上(あ)がる。
越是受到親友反對，越是愛得轟轟烈烈。

◆ くらい（ぐらい）～はない、ほど～はない
／沒什麼是…、沒有…像…一樣、沒有…比…的了

→ 接續方法：{名詞} ＋くらい（ぐらい）＋ {名詞} ＋はない、{名詞} ＋ほど＋ {名詞} ＋はない

【程度－最上級】

(1) 日本語(にほんご)の文法(ぶんぽう)くらい難(むずか)しいものはない。
沒有比日文文法更難學的事物了。

(2) 親(おや)にとって、子(こ)どもに先(さき)に死(し)なれることくらい辛(つら)いことはない。
對父母而言，沒有比白髮人送黑髮人更叫人痛心的事了。

(3) 母(はは)が作(つく)ってくれる料理(りょうり)ほどおいしいものはありません。
世上沒有比母親做的飯菜還更美味的食物了。

單字及補充

▍びっくり 驚嚇，吃驚　▍文法(ぶんぽう) 文法　▍メール【mail】電子郵件；信息；郵件　▍返信(へんしん) 回信，回電　▍やり取(と)り 交換，互換，授受　▍繋(つな)がる 相連，連接，聯繫；(人) 排隊，排列；有（血緣、親屬）關係，牽連　▍ストレス【stress】(語) 重音；(理) 壓力；(精神) 緊張狀態　▍溜(た)める 積，存，蓄；積壓，停滯　▍増(ふ)える 增加

◆ ば～ほど ／越…越…；如果…更…

→ 接續方法：{[形容詞・形容動詞・動詞] 假定形} ＋ば＋{同形容動詞詞幹な；[同形容詞・動詞] 辭書形} ＋ほど

【程度】

(1) ビジネスメールの返信（へんしん）は、早（はや）ければ早（はや）いほどいい。

回覆商場上的信件要越快回越好。

(2) 日本語（にほんご）は、勉強（べんきょう）すればするほど上手（じょうず）になる。

日語越學就會越上手。

(3) ストレスが溜（た）まれば溜（た）まるほど、お酒（さけ）を飲（の）む量（りょう）が増（ふ）える。

壓力不斷累積，飲酒的量也隨之增加。

練習

Ⅰ [a,b] の中から正しいものを選んで、○をつけなさい。

① 彼（かれ）ほど沖縄（おきなわ）を愛（あい）した人（ひと）は（a. いない　b. いる）。

② 試験（しけん）は簡単（かんたん）なら簡単（かんたん）な（a. ほど　b. ぐらい）嬉（うれ）しい。

③ 不思議（ふしぎ）（a. ほど　b. なほど）、興味（きょうみ）がわくというものです。

④ 大谷選手（おおたにせんしゅ）（a. ぐらい　b. ほど）みんなを楽（たの）しませてくれる野球選手（やきゅうせんしゅ）はいない。

Ⅱ 下の文を正しい文に並べ替えなさい。＿＿＿に数字を書きなさい。

① この手（て）のアクセサリーは値段（ねだん）＿＿＿　＿＿＿　＿＿＿　＿＿＿　売（う）れるものだ。

1. 高（たか）い　2. よく　3. ほど　4. が

② 外国語（がいこくご）は、＿＿＿　＿＿＿　＿＿＿　＿＿＿　上達（じょうたつ）する。

1. 使（つか）えば　2. 早（はや）く　3. 使（つか）う　4. ほど

錯題糾錯 NOTE

不要害怕做錯，越挫越勇！

日期＿＿＿　重點

復習次數 □□□□□

錯題 & 錯解

正解 & 解析

參考資料

錯題 & 錯解

正解 & 解析

參考資料

錯題 & 錯解

正解 & 解析

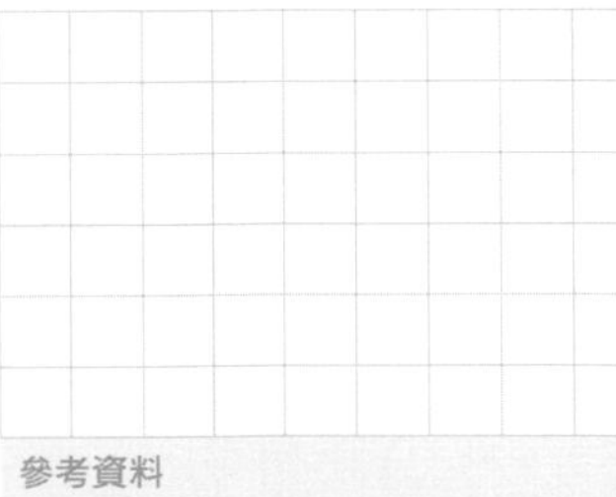

參考資料

16 程度（2）

／程度（2）

◆ くらい（だ）、ぐらい（だ） ／(1) 這麼一點點；(2) 幾乎…、簡直…、甚至…

→ 接續方法：{名詞；形容動詞詞幹な；[形容詞・動詞] 普通形} ＋くらい（だ）、ぐらい（だ）

【蔑視】

(1) 中学(ちゅうがく)の数学(すうがく)ぐらい、教(おし)えられるよ。
只是國中程度的數學而已，我可以教你喔！

(2) 帰(かえ)りがちょっと遅(おそ)くなったぐらいで、そんなに怒(おこ)るなよ。
只是稍微晚一點回來，你就別那麼生氣嘛。

【程度】

(1) 孫(まご)は目(め)の中(なか)に入(い)れても痛(いた)くないくらい可愛(かわい)いものだ。
孫子可愛得就像是我的掌上明珠一樣。

(2) 昨日(きのう)はあんなに雨(あめ)も風(かぜ)も強(つよ)かったのに、今朝(けさ)は不思議(ふしぎ)なくらい静(しず)かだった。
昨天明明狂風大作，今早卻風停雨止，出奇地平靜。

◆ さえ、でさえ、とさえ ／(1) 就連…也…；(2) 連…、甚至…

→ 接續方法：{名詞＋（助詞）} ＋さえ、でさえ、とさえ；{疑問詞} ＋かさえ；{動詞意向形} ＋とさえ

【舉例】

(1) マリーさんは1年(ねん)も日本語(にほんご)を勉強(べんきょう)しているのに、ひらがなでさえ書(か)けない。
瑪莉同學已經學日文一年了，卻連平假名也不會寫。

單字及補充

▎中学(ちゅうがく) 中學，初中 ▎不思議(ふしぎ) 奇怪，難以想像，不可思議 ▎夫(おっと) 丈夫 ▎妻(つま)（對外稱自己的）妻子，太太 ▎家内(かない) 妻子 ▎趣味(しゅみ) 嗜好；趣味 ▎興味(きょうみ) 興趣 ▎観光(かんこう) 觀光，遊覽，旅遊 ▎挨拶(あいさつ) 寒暄，打招呼，拜訪；致詞

(2) 来週旅行に行くのに、夫はどこへ行くかさえ興味がないようだ。

下星期就要去旅行了，我先生卻連要去哪裡都不怎麼感興趣的樣子。

【程度】

(1) 今年の新入社員は挨拶さえできないようだ。

今年的新進職員似乎連基本的打招呼都不會。

(2) あの時は何もかもうまくいかなくて、海に飛び込もうとさえ思った。

那時無論做什麼都不順利，甚至還有過跳海自盡的念頭。

練習

Ⅰ [a,b] の中から正しいものを選んで、○をつけなさい。

① あの山の上には真夏で（a. でさえ　b. まで）、雪が残っている。

② この作業は、誰でもできる（a. こそ　b. くらい）簡単です。

③ こんな字は初めて見ました。何語の字か（a. ほど　b. さえ）分かりません。

④ 晩ご飯が要らないなら、連絡（a. ぐらい　b. だけ）してよ。

Ⅱ 下の文を正しい文に並べ替えなさい。＿＿に数字を書きなさい。

① 失恋が辛くて、＿＿　＿＿　＿＿　＿＿　しまいます。

1. 思って　2. 死にたい　3. と　4. さえ

② 田中さんは美人になって、＿＿　＿＿　＿＿　＿＿でした。

1. する　2. くらい　3. びっくり　4. 本当に

錯題糾錯 NOTE

不要害怕做錯，越挫越勇！

日期＿＿　重點

復習次數

錯題 & 錯解

正解 & 解析

參考資料

錯題 & 錯解

正解 & 解析

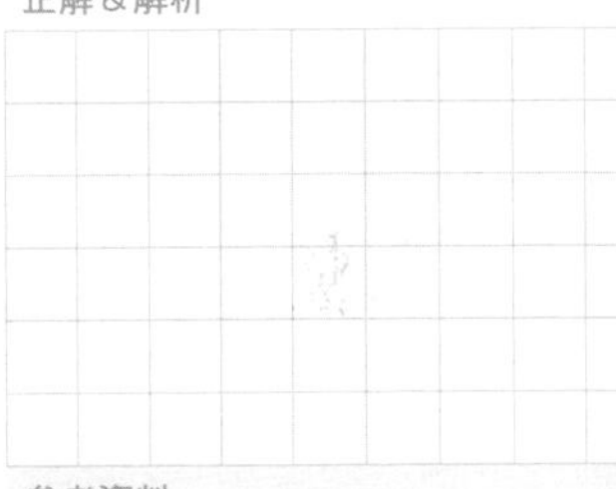

參考資料

錯題 & 錯解

正解 & 解析

參考資料

17 状況の一致と変化（1）

／狀況的一致及變化（1）

◆ とおり（に） ／按照…、按照…那樣

→ 接續方法：{名詞の；動詞辭書形；動詞た形} ＋とおり（に）

【依據】

（1）レシピの通(とお)りにケーキを作(つく)ったら、とても上手(じょうず)にできた。
依照食譜做了蛋糕，結果成品非常完美。

（2）今(いま)から先生(せんせい)が言(い)うとおりに書(か)いてください。
現在開始請把老師說的話逐一寫下來。

（3）「明日(あした)のスピーチ、緊張(きんちょう)するなあ。」「練習(れんしゅう)したとおりにやれば大丈夫(だいじょうぶ)よ。」
「明天的演講真令人緊張。」「只要照著你練習過的去講，就一定沒問題的。」

◆ どおり（に） ／按照、正如…那樣、像…那樣

→ 接續方法：{名詞} ＋どおり（に）

【依據】

（1）彼女(かのじょ)は理想(りそう)どおりの人(ひと)と結婚(けっこん)した。
她和自己心目中的理想對象結婚了。

（2）予想(よそう)どおり、彼(かれ)はまた遅刻(ちこく)した。
不出我所料，他又遲到了。

（3）子(こ)どもは親(おや)の思(おも)いどおりにはならないものだ。
孩子的成長總是很難完全按照父母的期望。

單字及補充

▌緊張(きんちょう) 緊張 ▌予想(よそう) 預料，預測，預計 ▌親(おや) 父母；祖先；主根；始祖 ▌長女(ちょうじょ) 長女，大女兒 ▌長男(ちょうなん) 長子，大兒子 ▌疲(つか)れ 疲勞，疲乏，疲倦 ▌切(き)れる 斷；用盡 ▌寝(ね)る 睡覺，就寢；躺下，臥 ▌完全(かんぜん) 完全，完整；完美，圓滿

◆ きる、きれる、きれない

／(1) 充分…、堅決…；(2) 中斷…；(3)…完、完全、到極限

→ 接續方法：{動詞ます形} ＋切る、切れる、切れない

【極其】

(1) 昨日(きのう)は疲(つか)れ切(き)って、８時前(じまえ)に寝(ね)てしまった。

昨天疲憊不堪，８點前就上床睡覺了。

【切斷】

(1) 彼(かれ)との関係(かんけい)を完全(かんぜん)に断(た)ち切(き)る。

完全斷絕與他的關係。

【完了】

(1)「メロンパン、まだありますか。」「すみません、もう売(う)り切(き)れました。」

「還有菠蘿麵包嗎？」「不好意思，全都賣完了。」

練習

Ⅰ [a,b] の中から正しいものを選んで、○をつけなさい。

① 進(すす)み具合(ぐあい)は、ほぼ計画(けいかく)（a. とおり　b. どおり）だ。

② ３億円(おくえん)の遺産(いさん)なんて、私(わたし)には（a. 使(つか)い切(き)れません　b. 使(つか)い終(お)われません）。

③ わあ、写真(しゃしん)で見(み)た（a. と同(おな)じ　b. とおり）、きれいな海(うみ)ねえ。

④ 説明書(せつめいしょ)（a. の通(とお)りに　b. により）、本棚(ほんだな)を組(く)み立(た)てた。

Ⅱ 下の文を正しい文に並べ替えなさい。______ に数字を書きなさい。

① 橋(はし)の工事(こうじ)は ______ ______ ______ ______ いる。

1. どおり　2. 予定(よてい)　3. 進(すす)んで　4. に

② あの二人(ふたり)の ______ ______ ______ ______ ね。離婚(りこん)も近(ちか)いかもしれない。

1. 関係(かんけい)　2. は　3. 切(き)ってる　4. 冷(ひ)え

錯題糾錯 NOTE

不要害怕做錯，越挫越勇！

日期 ______　重點

復習次數 □□□□□

錯題 & 錯解

正解 & 解析

參考資料

錯題 & 錯解

正解 & 解析

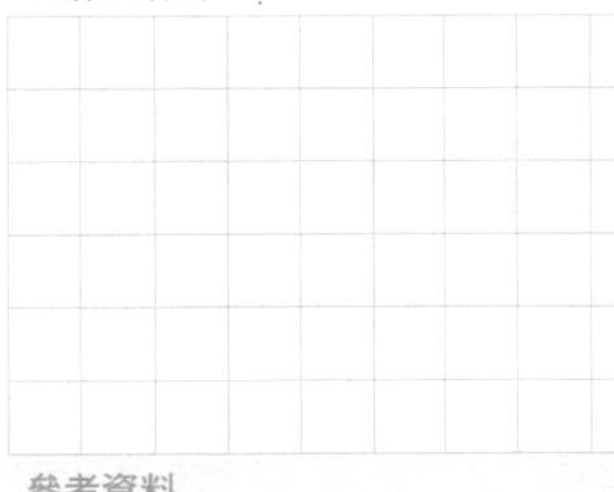

參考資料

錯題 & 錯解

正解 & 解析

參考資料

18 状況の一致と変化（2）

／狀況的一致及變化（2）

◆ にしたがって、にしたがい　／(1) 伴隨…、隨著…；(2) 按照…

→ 接續方法：{動詞辭書形} ＋にしたがって、にしたがい

【附帶】

(1) 時間（じかん）が経（た）つにしたがって、痛（いた）みが少（すく）なくなってきた。
隨著時間流逝，傷痛也慢慢淡化了。

(2) 本番（ほんばん）が近（ちか）づくにしたがって、緊張（きんちょう）してドキドキしてきた。
隨著正式上場的時刻逐步逼近，我緊張得心臟撲通撲通地跳。

【基準】

(1) 例（れい）にしたがって、書（か）いてください。
請按照範例書寫。

◆ につれ（て）　／伴隨…、隨著…、越…越…

→ 接續方法：{名詞；動詞辭書形} ＋につれ（て）

【平行】

(1) インターネットの普及（ふきゅう）につれ、生活（せいかつ）が便利（べんり）になった。
隨著網際網路的普及，生活變得更加便利了。

(2) 季節（きせつ）の変化（へんか）につれて、着（き）る物（もの）が変（か）わる。
隨著季節的轉換，衣著也跟著改變了。

(3) 台風（たいふう）が近（ちか）づくにつれ、雨（あめ）や風（かぜ）が強（つよ）くなった。
颱風接近，風雨也隨之增強了。

單字及補充

▍経（た）つ 經，過；（炭火等）燒盡　▍経（へ）る（時間、空間、事物）經過，通過　▍更（ふ）ける（秋）深；（夜）闌　▍番（ばん） 輪班；看守，守衛；（表順序與號碼）第…號；（交替）順序，次序　▍どきどき（心臟）撲通撲通地跳，七上八下　▍インターネット【internet】網路　▍ブログ【blog】部落格　▍ホームページ【homepage】網站，網站首頁　▍普及（ふきゅう） 普及

◆ にともなって、にともない、にともなう
／伴隨著…、隨著…

→ 接續方法：{名詞；動詞普通形} ＋に伴って、に伴い、に伴う

【平行】

(1) 少子化が進むのに伴い、学校の数も減ってきている。
隨著少子化的持續嚴峻，學校的數量也逐漸減少了。

(2) 地球温暖化に伴う気候変動は、世界各地に自然災害をもたらしている。
伴隨著全球暖化而帶來的氣候變遷，在世界各地都造成了自然災害。

(3) 年を取るのに伴って、一人で運転するのが怖くなった。
歲數越高，一個人開車就越是感到害怕。

練習

I [a,b] の中から正しいものを選んで、○をつけなさい。

① 少子化（a. にともなって　b. にもとづいて）、学校経営は厳しさを増している。

② 勉強する（a. につれて　b. にかんして）、原理が理解できてきた。

③ 大人になる（a. ほど　b. につれて）、だんだん現実が分かってきた。

④ 父は年を取る（a. にしたがい　b. 一方で）、物忘れが多くなってきました。

II 下の文を正しい文に並べ替えなさい。＿＿＿に数字を書きなさい。

① ＿＿＿ ＿＿＿ ＿＿＿ ＿＿＿、結婚しない女性も増えている。

1. の　2. に伴って　3. 女性　4. 社会進出

② 山 ＿＿＿ ＿＿＿ ＿＿＿ ＿＿＿、寒くなってきた。

1. 登る　2. に　3. したがって　4. を

錯題糾錯 NOTE

不要害怕做錯，越挫越勇！

日期＿＿＿　重點

復習次數□□□□□

錯題 & 錯解

正解 & 解析

參考資料

錯題 & 錯解

參考資料

錯題 & 錯解

正解 & 解析

參考資料

19 立場、状況、関連（1）

／立場、狀況、關連（1）

◆ からいうと、からいえば、からいって ／從…來說、從…來看、就…而言

→ 接續方法：{名詞} ＋からいうと、からいえば、からいって

【判斷立場】

(1) 私の経験からいうと、可能なら留学はした方がいいと思います。

就我的經驗而言，可以的話還是去留學比較好。

(2) テストの点数からいえば私の方がいいが、会話は林さんの方がずっと上手だ。

考試成績雖然是我比較好，但實際對話時林同學比我流利許多。

(3) 佐藤さんの性格からいって、無断で休むはずがない。何かあったのだろうか。

以佐藤小姐的個性，她不可能會無故缺席。一定是發生了什麼事了？

◆ として（は） ／以…身分、作為…；如果是…的話、對…來說

→ 接續方法：{名詞} ＋として（は）

【立場】

(1) 私は留学生として日本に来ました。

我以留學生的身分來到了日本。

(2) 彼は教師としては一流だが、家庭ではあまりいい父親ではないようだ。

他在杏壇是位出色的教師，但在家裡似乎不是一個好父親。

(3) 今度の飲み会で、友達にも君を恋人として紹介するつもりだ。

下次飲酒聚餐的時候，我想把妳以我女友的身分介紹給我的朋友。

單字及補充

▍留学 留學 ▍点数（評分的）分數 ▍性格（人的）性格，性情；（事物的）性質，特性 ▍性質 性格，性情；（事物）性質，特性 ▍態度 態度，表現；舉止，神情，作風 ▍恋人 情人，意中人 ▍カップル【couple】一對，一對男女，一對情人，一對夫婦 ▍独身 單身 ▍過ぎる 超過；過於；經過

19 Track

◆ にとって（は、も、の） ／對於…來說

→ 接續方法：{名詞} ＋にとって（は、も、の）

【立場】

(1) あなたにとって、今一番大切(いまいちばんたいせつ)なものは何(なん)ですか。

現在對你而言，最重要的是什麼？

(2) うちの犬(いぬ)は、父(ちち)にとってはペットに過(す)ぎませんが、私(わたし)にとっては家族(かぞく)です。

我家的小狗對父親而言只不過是隻寵物罷了，但對我來說牠就像家人一樣。

(3) 日本人(にほんじん)にとっての米(こめ)は、メキシコ人(じん)にとってのとうもろこしと同(おな)じだ。

白飯之於日本人，就像玉米之於墨西哥人一樣。

練習

Ⅰ [a,b] の中から正しいものを選んで、○をつけなさい。

① たった1,000円(えん)でも、子(こ)ども（a. にとって　b. として）は大金(たいきん)です。

② 責任者(せきにんしゃ)（a. として　b. にたいして）、このような状況(じょうきょう)になってしまったことをお詫(わ)びいたします。

③ 今(いま)までの流(なが)れ（a. からいったら　b. からといったら）、このまま負(ま)けるパターンだな。

④ 品質(ひんしつ)（a. からには　b. からいえば）、このくらい高(たか)くてもしょうがない。

Ⅱ 下の文を正しい文に並べ替えなさい。＿＿＿に数字を書きなさい。

① 今(いま)の彼(かれ)は、恋人(こいびと)としては満足(まんぞく)だけれど、結婚(けっこん) ＿＿＿ ＿＿＿ ＿＿＿ ＿＿＿ が足(た)りない。

1. として　2. 相手(あいて)　3. 収入(しゅうにゅう)　4. は

② こんなことで喧嘩(けんか)するのは、あなたにとっても ＿＿＿ ＿＿＿ ＿＿＿ ＿＿＿ 無駄(むだ)だ。

1. の　2. とっても　3. 私(わたし)に　4. 時間(じかん)

錯題糾錯 NOTE

不要害怕做錯，越挫越勇！

日期＿＿＿　重點

復習次數 □□□□□

錯題＆錯解

正解＆解析

參考資料

錯題＆錯解

正解＆解析

參考資料

錯題＆錯解

正解＆解析

參考資料

20 立場、状況、関連（2）

／立場、狀況、關連（2）

◆ から～にかけて　／從…到…

→ 接續方法：{名詞} ＋から＋ {名詞} ＋にかけて

【範圍】

(1) 九州地方(きゅうしゅうちほう)から近畿地方(きんきちほう)にかけて、台風(たいふう)の被害(ひがい)が出(で)ています。
九州到近畿地區皆傳出颱風的災情。

(2) 南部(なんぶ)から中部(ちゅうぶ)にかけて、水不足(みずぶそく)が心配(しんぱい)されています。
南部到中部地區正因缺水而令人擔憂。

(3) 6月(がつ)から7月(がつ)にかけて日本(にほん)は梅雨(つゆ)のシーズンです。
6月到7月是日本的梅雨季。

◆ っぱなしで、っぱなしだ、っぱなしの　／(1)一直…、總是…；(2)…著

→ 接續方法：{動詞ます形} ＋っ放しで、っ放しだ、っ放しの

【持續】

(1) 朝(あさ)からずっと歩(ある)きっ放(ぱな)しで、足(あし)が痛(いた)いです。
從早上就一直走到現在，雙腳都痠痛不已。

【放任】

(1) 妻(つま)はいつも電気(でんき)スタンドをつけっ放(ぱな)しで寝(ね)る。
妻子總是開著檯燈睡覺。

(2) 座席(ざせき)に荷物(にもつ)を置(お)きっ放(ぱな)しにしないでください。
請勿以私人物品占住空位。

單字及補充

▍**地方**(ちほう) 地方，地區；（相對首都與大城市而言的）地方，外地 ▍**都市**(とし) 都市，城市 ▍**不足**(ふそく) 不足，不夠，短缺；缺乏，不充分；不滿意，不平 ▍**梅雨**(つゆ) 梅雨；梅雨季 ▍**シーズン【season】**（盛行的）季節，時期 ▍**電気**(でんき)**スタンド【でんき stand】** 檯燈 ▍**引**(ひ)**っ越**(こ)**し** 搬家，遷居 ▍**移**(うつ)**す** 移，搬；使傳染；度過時間 ▍**どんどん** 連續不斷，接二連三；（炮鼓等連續不斷的聲音）咚咚；（進展）順利；（氣勢）旺盛

◆ たび（に）／每次…、每當…就…

→ 接續方法：{名詞の；動詞辭書形} ＋たび（に）

【關連】

（1）地震(じしん)のたびに津波(つなみ)が来(く)るかどうか心配(しんぱい)する。
每當地震發生時，總擔心是否會引起海嘯。

（2）買(か)い物(もの)するたびに、つい要(い)らないものまで買(か)ってしまう。
每次購物時，總會不小心買下不必要的東西。

（3）引(ひ)っ越(こ)しのたびにどんどん荷物(にもつ)が増(ふ)えていく。
每次搬家東西都變得越來越多。

練習

Ⅰ [a,b] の中から正しいものを選んで、○をつけなさい。

① 王(オウ)さんには、試験(しけん)の（a. たびに　b. ところに）ノートを借(か)りている。

②「やあ、会(あ)う（a. さいに　b. たびに）彼女(かのじょ)が違(ちが)うね。」「そんな嘘(うそ)、言(い)わないでくださいよ。」

③ 蛇口(じゃぐち)を閉(し)めるのを忘(わす)れて、水(みず)が流(なが)れ（a. っ放(ぱな)し　b. かけ）だった。

④ ３月下旬(がつげじゅん)から５月上旬(がつじょうじゅん)（a. にかけて　b. にわたって）、桜前線(さくらぜんせん)が北上(ほくじょう)する。

Ⅱ 下の文を正しい文に並べ替えなさい。＿＿＿に数字を書きなさい。

① 皆(みな)さん、＿＿＿ ＿＿＿ ＿＿＿ ＿＿＿ 忙(いそが)しくなりますよ。

1. にかけて　2. これ　3. 年末(ねんまつ)　4. から

② 親(おや)には ＿＿＿ ＿＿＿ ＿＿＿ ＿＿＿ だ。将来(しょうらい)きっと親孝行(おやこうこう)をしたい。

1. ずっと　2. っぱなし　3. かけ　4. 迷惑(めいわく)の

錯題糾錯 NOTE

不要害怕做錯，越挫越勇！

日期　重點

復習次數

錯題＆錯解

正解＆解析

參考資料

錯題＆錯解

正解＆解析

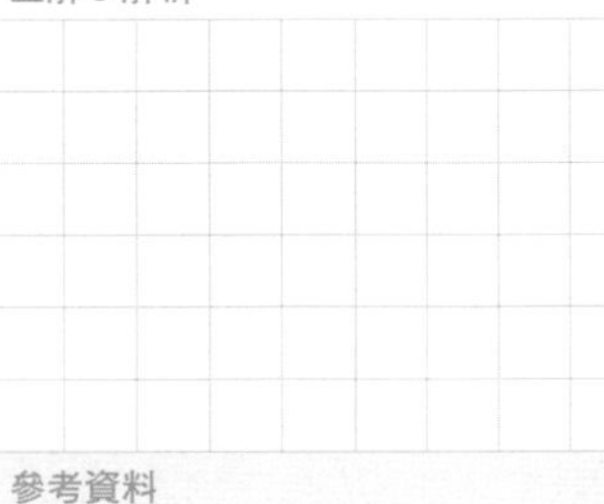

參考資料

錯題＆錯解

正解＆解析

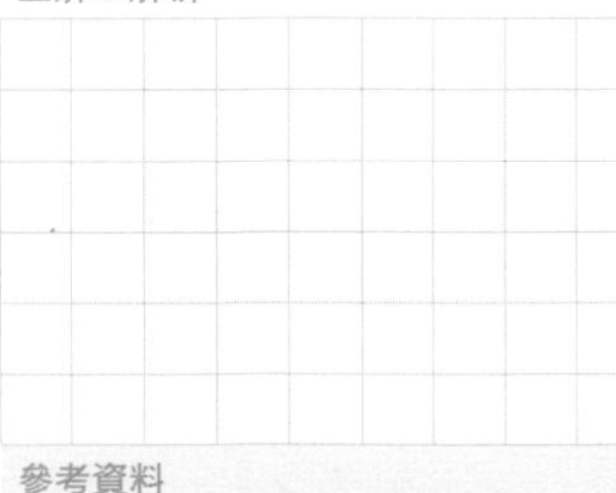

參考資料

21 立場、状況、関連（3）

／立場、狀況、關連（3）

◆ にわたって、にわたる、にわたり、にわたった
／經歷…、各個…、一直…、持續…

→ 接續方法：{名詞}＋にわたって、にわたる、にわたり、にわたった

【範圍】

(1) この通り(とお)の両側(りょうがわ)には、５キロにわたり桜(さくら)の木(き)が植(う)えられている。
這條道路兩旁種植的櫻花樹，綿延了５公里。

(2) 地震(じしん)の影響(えいきょう)で、３週間(しゅうかん)にわたって断水(だんすい)が続(つづ)いた。
受到地震的影響，停水持續了整整３週。

(3) 夫(おっと)は５時間(じかん)にわたる大手術(だいしゅじゅつ)を受(う)けた。
丈夫做了長達５小時的大型手術。

◆ において、においては、においても、における
／在…、在…時候、在…方面

→ 接續方法：{名詞}＋において、においては、においても、における

【關連場合】

(1) みんなが反対(はんたい)してる状況(じょうきょう)において、自分(じぶん)だけが賛成(さんせい)することは難(むずか)しい。
當所有人都反對的情況下，很難獨自站出來表示贊成。

(2) 現代(げんだい)においては、若者(わかもの)のパワーがこれからの社会(しゃかい)を作(つく)っていくだろう。
現在正是靠著年輕人的力量，打造未來社會的時代。

(3) 車内(しゃない)における携帯電話(けいたいでんわ)のご利用(りよう)はご遠慮(えんりょ)ください。
請勿於車內講手機。

單字及補充

▌**通り**(とお) 大街，馬路；通行，流通 ▌**道路**(どうろ) 道路 ▌**通る**(とお) 經過；穿過；合格 ▌**両側**(りょうがわ) 兩邊，兩側，兩方面 ▌**影響**(えいきょう) 影響 ▌**反対**(はんたい) 相反；反對 ▌**賛成**(さんせい) 贊成，同意 ▌**一生懸命**(いっしょうけんめい) 拼命地，努力地；一心 ▌**アンケート**【(法) enquête】（以同樣內容對多數人的）問卷調查，民意測驗

◆ にかんして（は）、にかんしても、にかんする　／關於…、關於…的…

→ 接續方法：{名詞} ＋に関して（は）、に関しても、に関する

【關連】

(1) 老後の生活や年金に関して、不安を感じている人が多い。
許多人都對老後的生活及年金問題感到擔憂。

(2) 彼は仕事に関しても遊びに関しても一生懸命だ。
他不論工作或玩樂都是全力以赴。

(3) 毎日お使いの化粧品に関するアンケートにお答えください。
這份問卷是關於您每日使用的化妝品，請填答。

練習

Ⅰ [a,b] の中から正しいものを選んで、○をつけなさい。

① 最近、何（a. に関して　b. において）も興味がわきません。

② 西日本全域（a. において　b. にわたり）、大雨になっています。

③ 増井議員の発言（a. に関しては　b. にたいして）、現在事実を確認中です。

④ 研究過程（a. において　b. における）、いくつかの点に気が付きました。

Ⅱ 下の文を正しい文に並べ替えなさい。＿＿に数字を書きなさい。

① インフルエンザ ＿＿ ＿＿ ＿＿ ＿＿ しているので、外から帰ったときはしっかりうがい・手洗いをしてください。

1. わたって　2. 流行　3. 全国に　4. が

② 彼は実力はもちろん、＿＿ ＿＿ ＿＿ ＿＿ 第一人者だ。

1. 人柄に　2. テニス界　3. おいても　4. の

錯題糾錯 NOTE

不要害怕做錯，越挫越勇！

日期＿＿　重點

復習次數 □□□□□

錯題＆錯解

正解＆解析

參考資料

錯題＆錯解

正解＆解析

參考資料

錯題＆錯解

正解＆解析

參考資料

22 素材、判断材料、手段、媒介、代替（1）

／素材、判斷材料、手段、媒介、代替（1）

◆ にもとづいて、にもとづき、にもとづく、にもとづいた ／根據…、按照…、基於…

→ 接續方法：{名詞} ＋に基づいて、に基づき、に基づく、に基づいた

【依據】

(1) 研究レポートは実験データに基づいて書かなければならない。
研究報告必須依照實驗數據來撰寫。

(2) 入学試験の成績に基づき、日本語のクラス分けをします。
將根據入學測驗的成績，來進行日文課的分班。

(3) 村上さんの発言は、経験に基づいた言葉だから重みがある。
村上先生的發言是來自經驗的累積，因此頗有份量。

◆ によると、によれば ／據…、據…說、根據…報導…

→ 接續方法：{名詞} ＋によると、によれば

【信息來源】

(1) 噂によれば、古い校舎のトイレに幽霊が出るらしい。
聽說舊校舍的廁所有幽靈出現。

(2) 先生によると、許さんは留学試験に合格したということだ。
聽老師說，許同學通過留學測驗了。

(3) 長期天気予報によると、今年の冬は雪が多いそうです。
根據長期天氣預測，今年冬天的降雪量將會相當大。

單字及補充

▍**経験** 經驗，經歷 ▍**噂** 議論，閒談；傳說，風聲 ▍**天気予報** 天氣預報 ▍**温度**（空氣等）溫度，熱度 ▍**湿気** 濕氣 ▍**湿度** 濕度 ▍**蒸し暑い** 悶熱的 ▍**代** 代，輩；一生，一世；代價 ▍**家** 家，家族

◆ をもとに（して） ／以…為根據、以…為參考、在…基礎上

→ 接續方法：{名詞} ＋をもとに（して）

【根據】

(1) 西部劇(せいぶげき)「荒野(こうや)の七人(しちにん)」は黒澤明(くろさわあきら)の「七人(しちにん)の侍(さむらい)」をもとにしている。

西部片「豪勇七蛟龍」故事是改編自黑澤明的「七武士」而來的。

(2) 平仮名(ひらがな)と片仮名(かたかな)は漢字(かんじ)をもとにして作(つく)られた。

平假名和片假名是以漢字為基礎演化而來的。

(3) 今制作(いませいさく)している映画(えいが)は、実話(じつわ)をもとにした三代(さんだい)の家族(かぞく)の物語(ものがたり)です。

現在正在拍攝的電影，是根據三代家族的真實故事改編而成的。

練習

Ⅰ [a,b] の中から正しいものを選んで、○をつけなさい。

① こちらはお客様(きゃくさま)の声(こえ)（a. に基(もと)づき　b. によると）開発(かいはつ)した新商品(しんしょうひん)です。

② いままでに習(なら)った文型(ぶんけい)（a. のもとで　b. をもとに）、文(ぶん)を作(つく)ってください。

③ 天気予報(てんきよほう)（a. によって　b. によると）、明日(あした)は雨(あめ)が降(ふ)るそうです。

④ ニュース（a. によれば　b. にとって）、A社(しゃ)とB社(しゃ)の合併(がっぺい)の話(はなし)は振(ふ)り出(だ)しに戻(もど)ったそうだ。

Ⅱ 下の文を正しい文に並べ替えなさい。＿＿＿に数字を書きなさい。

① この ＿＿＿ ＿＿＿ ＿＿＿ ＿＿＿ いない。フィクションだ。

1. は　2. ルポルタージュ　3. 事実(じじつ)　4. に基(もと)づいて

② 我(わ)が社(しゃ)は ＿＿＿ ＿＿＿ ＿＿＿ ＿＿＿ を開発(かいはつ)しています。

1. サービス　2. をもとに　3. 新(あたら)しい　4. ビッグデータ

錯題糾錯 NOTE

不要害怕做錯，越挫越勇！

日期 ＿＿＿　重點

復習次數 □□□□□

錯題＆錯解

正解＆解析

參考資料

錯題＆錯解

正解＆解析

參考資料

錯題＆錯解

正解＆解析

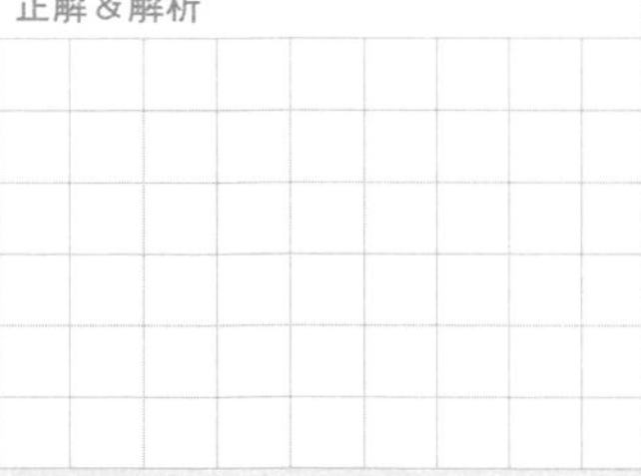

參考資料

23 素材、判斷材料、手段、媒介、代替（2）

／素材、判斷材料、手段、媒介、代替（2）

◆ かわりに ／(1) 代替…；(2) 作為交換；(3) 雖說…但是…

→ 接續方法：{名詞の；動詞普通形} ＋かわりに；名詞＋がわり

【代替】

(1) 印鑑（いんかん）のかわりにサインでもいいですよ。

可以以簽名代替蓋章喔。

(2) 両親（りょうしん）が亡（な）くなったあと、姉（あね）が親（おや）がわりとなって私（わたし）を育（そだ）ててくれました。

父母雙亡後，姊姊代替父母將我撫養長大。

【交換】

(1) あなたに日本語（にほんご）を教（おし）えるかわりに、私（わたし）に中国語（ちゅうごくご）を教（おし）えてね。

我教你日文，作為交換你就教我中文。

【對比】

(1) 今（いま）の仕事（しごと）は給料（きゅうりょう）が高（たか）いかわりに、残業（ざんぎょう）が多（おお）い。

現在從事的工作雖然薪水高，但也經常需要加班。

◆ にかわって、にかわり ／(1) 替…、代替…、代表…；(2) 取代…

→ 接續方法：{名詞} ＋にかわって、にかわり

【代理】

(1) 忙（いそが）しい父（ちち）にかわって、私（わたし）が親戚（しんせき）の結婚式（けっこんしき）に出席（しゅっせき）した。

我代替忙碌的父親出席親戚的結婚典禮。

單字及補充

育つ（そだつ） 成長，長大，發育 ｜ **伸びる**（のびる）（長度等）變長，伸長；（皺摺等）伸展；擴展，到達；（勢力、才能等）擴大，增加，發展 ｜ **成長**（せいちょう）（經濟、生產）成長，增長，發展；（人、動物）生長，發育 ｜ **健康**（けんこう） 健康的，健全的 ｜ **栄養**（えいよう） 營養 ｜ **世話**（せわ） 援助，幫助；介紹，推薦；照顧，照料；俗語，常言 ｜ **給料**（きゅうりょう） 工資，薪水 ｜ **迷惑**（めいわく） 麻煩，煩擾；為難，困窘；討厭，妨礙，打擾 ｜ **詫び**（わび） 賠不是，道歉，表示歉意

(2) この度(たび)はご迷惑(めいわく)をおかけしました。本人(ほんにん)にかわり、お詫(わ)び申(もう)し上(あ)げます。

這次造成您的不便，我代替當事人鄭重向您道歉。

【取代】

(1) このレストランでは、人間(にんげん)にかわってロボットが料理(りょうり)を運(はこ)んでいる。

這間餐廳以機器人取代人力送餐。

(2) 連絡手段(れんらくしゅだん)として、最近(さいきん)はメールにかわり、LINE などを使(つか)う人(ひと)が多(おお)くなった。

最近使用 LINE 等來取代 e-mail 進行聯繫的人逐漸增多了。

練習

Ⅰ [a,b] の中から正しいものを選んで、○をつけなさい。

① 社長(しゃちょう)（a. によって　b. にかわって）、副社長(ふくしゃちょう)が挨拶(あいさつ)をした。

② この部屋(へや)は家賃(やちん)が安(やす)い（a. かわりに　b. せいで）、部屋(へや)が狭(せま)い。

③ 鎌倉時代(かまくらじだい)、貴族(きぞく)（a. にはんして　b. にかわって）武士(ぶし)が政治(せいじ)を行(おこな)うようになった。

④ 人気(にんき)を失(うしな)った（a. わりに　b. かわりに）、静(しず)かな生活(せいかつ)が戻(もど)ってきた。

Ⅱ 下の文を正しい文に並べ替えなさい。_____ に数字を書きなさい。

① 私(わたし)がヒロ君(くん)を寝(ね)かせるから、かわり _____ _____ _____ _____ といてね。

1. 洗(あら)っ　2. を　3. 食器(しょっき)　4. に

② 今(いま)では、_____ _____ _____ _____ が計算(けいさん)に使(つか)われている。

1. かわって　2. コンピューター　3. そろばん　4. に

錯題糾錯 NOTE

不要害怕做錯，越挫越勇！

日期 _____　重點

復習次數 □□□□□

錯題 & 錯解

正解 & 解析

參考資料

錯題 & 錯解

正解 & 解析

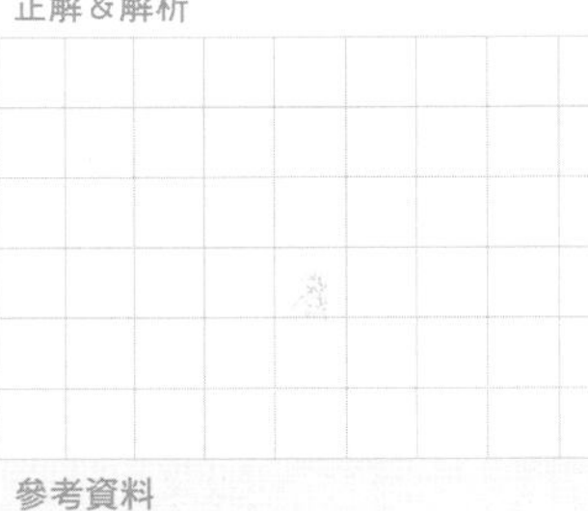

參考資料

錯題 & 錯解

正解 & 解析

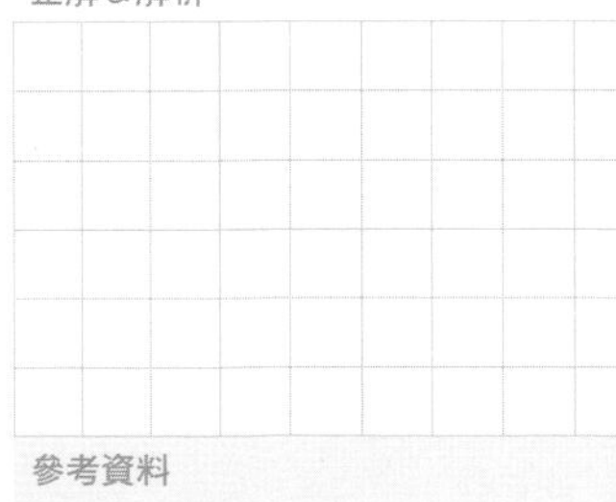

參考資料

24 素材、判断材料、手段、媒介、代替（3）

／素材、判斷材料、手段、媒介、代替（3）

◆ をつうじて、をとおして

／(1) 透過…、通過…；(2) 在整個期間…、在整個範圍…

→ 接續方法：{名詞} ＋を通じて、を通して

【經由】

(1) 彼女(かのじょ)とはSNSを通(つう)じて知(し)り合(あ)いました。

我是通過社交媒體與她相識的。

(2) 金(きん)メダリストは、「私(わたし)は空手(からて)を通(とお)して日本(にほん)の心(こころ)を学(まな)んだ」と言(い)った。

獲得優勝的選手表示：「我透過空手道體悟了日本的『和』的精神。」

【範圍】

(1) こちらの庭園(ていえん)では、四季(しき)を通(つう)じていろいろな花(はな)が楽(たの)しめます。

在這個庭園，四季皆有各種不同的花卉可以觀賞。

(2) 5年間(ねんかん)の台湾生活(タイワンせいかつ)を通(とお)して、大勢(おおぜい)の素晴(すば)らしい学生(がくせい)と出会(であ)いました。

在台灣生活的5年期間，我認識了許多優秀的學生。

◆ をちゅうしんに（して）、をちゅうしんとして

／以…為重點、以…為中心、圍繞著…

→ 接續方法：{名詞} ＋を中心に（して）、を中心として

【基準】

(1) 母(はは)の人生(じんせい)はずっと家族(かぞく)を中心(ちゅうしん)に回(まわ)っていた。

母親的人生一直都圍繞著家人打轉。

單字及補充

▍**通(つう)** 精通，內行，專家；通曉人情世故，通情達理；暢通；（助數詞）封，件，紙；穿過；往返；告知；貫徹始終 ▍**通(つう)じる・通(つう)ずる** 通；通到，通往；通曉，精通；明白，理解；使…通；在整個期間內 ▍**金(きん)** 黃金，金子；金錢 ▍**勝(しょう)** 勝利；名勝 ▍**勝(か)ち** 勝利 ▍**対(たい)** 對比，對方；同等，對等；相對，相向；（比賽）比；面對 ▍**激(はげ)しい** 激烈，劇烈；（程度上）很高，厲害；熱烈 ▍**スポーツ中継(ちゅうけい)** 體育（競賽）直播，轉播 ▍**中心(ちゅうしん)** 中心，當中；中心，重點，焦點；中心地，中心人物

(2) このコースでは、旅行会話を中心にして勉強します。

這門課主要教授旅遊會話。

(3) この店は登山用品を中心とするスポーツ用品専門店だ。

這是一家主打登山用的運動用品專賣店。

(4) 低カロリーな野菜を中心とした食生活に変えたほうがいい。

建議改成以蔬菜為主的低卡路里飲食。

練習

Ⅰ [a,b] の中から正しいものを選んで、○をつけなさい。

① 台湾は1年（a. にわたって　b. を通して）雨が多い。

② 点A（a. を中心　b. の最中）に、円を描いてください。

③ 彼女（a. をもとに　b. を通じて）、間接的に彼の話を聞いた。

④ 地球は、太陽（a. を中心として　b. をはじめとして）回っている。

Ⅱ 下の文を正しい文に並べ替えなさい。_____ に数字を書きなさい。

① パンや麺も好きですが、_____ _____ _____ _____ とする和食が一番好きです。

1. 中心　2. 米　3. やっぱり　4. を

② 会員になれば、_____ _____ _____ _____ プールを利用できます。

1. 通して　2. を　3. 年間　4. いつでも

錯題糾錯 NOTE

不要害怕做錯，越挫越勇！

日期 _____　重點

復習次數 □□□□□

錯題 & 錯解

正解 & 解析

參考資料

錯題 & 錯解

正解 & 解析

參考資料

錯題 & 錯解

正解 & 解析

參考資料

25 希望、願望、意志、決定、感情表現（1）

／希望、願望、意志、決定、感情表現（1）

◆ たらいい（のに）なあ、といい（のに）なあ ／…就好了

→ 接續方法：{形容詞た形} ＋かったらいい（のに）なあ；{名詞；形容動詞詞幹} ＋だったらいい（のに）なあ

{名詞；形容動詞詞幹} ＋だといい（のに）なあ；{名詞；形容動詞詞幹} ＋だったらいい（のに）なあ；{[動詞・形容詞]普通形現在形} ＋といい(のに)なあ；{動詞た形} ＋たらいい（のに）なあ

【願望】

(1) 今度(こんど)の日曜日(にちようび)は大嫌(だいきら)いな運動会(うんどうかい)だ。雨(あめ)だといいなあ。
下週日是我最討厭的運動會，如果那天下雨就太好了。

(2) 給料(きゅうりょう)がもう少(すこ)し高(たか)かったらいいのになあ。 要是薪水能再高一點就好了。

(3) 日本語(にほんご)の聴解試験(ちょうかいしけん)、簡単(かんたん)だといいなあ。 要是日語的聽力測驗能簡單點就好了。

◆ て(で)ほしい、てもらいたい ／(1)希望能…、希望能（幫我）…；(2)想請你…

→ 接續方法：{動詞て形} ＋てほしい；{動詞て形} ＋てもらいたい

【願望】

(1) 早(はや)く夏休(なつやす)みが来(き)てほしい。 真希望暑假快點到來。

【請求】

(1) 若(わか)い人(ひと)たちにこの病気(びょうき)の怖(こわ)さを知(し)ってもらいたい。
希望能讓年輕人了解這種疾病的可怕之處。

◆ ように ／(1)為了…而…；(2)請…；(3)如同…；(4)希望…

→ 接續方法：{名詞の；動詞辭書形；動詞否定形；動詞ます形＋ます} ＋ように

單字及補充

▍大嫌(だいきら)い 極不喜歡，最討厭 ▍試験(しけん) 試驗；考試 ▍封筒(ふうとう) 信封，封套 ▍ポスト【post】郵筒，信箱
▍書留(かきとめ) 掛號郵件 ▍航空便(こうくうびん) 航空郵件；空運 ▍小包(こづつみ) 小包裹；包裹 ▍宅配便(たくはいびん) 宅急便 ▍船便(ふなびん) 船運

【目的】

(1) 小さな字でも読めるように、いつも虫眼鏡を持ち歩いています。

為了能閱讀小字，我總是隨身攜帶放大鏡。

【勸告】

(1) 封筒の中に１万円入っているから、なくさないようにね。

信封裡有１萬圓，不要弄丟了喔。

【例示】

(1) 人生はなかなか思うようにはいかないものだ。

人生不可能事事順心。

【期盼】

(1) このシャツ、彼が気に入ってくれますように。

希望他會喜歡這件襯衫。

練習

Ⅰ [a,b] の中から正しいものを選んで、○をつけなさい。

① 今から言う（a. みたい　b. ように）動いてください。
はい、右手で鼻をつまんでください。

② あと 10 センチ背が（a. 高い　b. 高かっ）たらいいのになあ。

③ 外国人もわかる（a. よう　b. ため）に、やさしい日本語で説明します。

④ このことは誰にも言わない（a. でほしい　b. といい）んだけど、秘密が守れる？

Ⅱ 下の文を正しい文に並べ替えなさい。＿＿＿に数字を書きなさい。

① デパートのセールも明日で終わる。＿＿＿　＿＿＿　＿＿＿　＿＿＿　なあ。

1. といい　2. 残って　3. いる　4. 可愛い服が

② 子どもには将来有名な　＿＿＿　＿＿＿　＿＿＿　＿＿＿。

1. 行って　2. たい　3. もらい　4. 大学に

錯題糾錯 NOTE

不要害怕做錯，越挫越勇！

日期＿＿＿　重點

復習次數 □□□□□

錯題＆錯解

正解＆解析

參考資料

錯題＆錯解

正解＆解析

參考資料

錯題＆錯解

正解＆解析

參考資料

26 希望、願望、意志、決定、感情表現（2）

／希望、願望、意志、決定、感情表現（2）

◆ をこめて ／集中…、傾注…

→ 接續方法：{名詞} ＋を込めて

【附帶感情】

(1) 平和の願いを込めて、折り紙で千羽鶴を折った。
帶著祈求和平的心願，折了一千隻紙鶴。

(2) 先生方にありがとうの思いを込めて、「旅立ちの歌」を歌った。
懷抱著對師長們的感謝之情，合唱了「啟程之歌」。

(3) みなさまに感謝の気持ちを込めて、ささやかなプレゼントをご用意しました。（慣用）
我滿懷著對各位的感謝，準備了微薄的贈禮。

(4) 高校３年間、毎朝愛情を込めて息子のお弁当を作り続けた。
高中３年期間，每天早上都全心全意的為兒子做愛心便當。

◆ てみせる ／(1) 做給…看；(2) 一定要…

→ 接續方法：{動詞て形} ＋てみせる

【示範】

(1) 口で説明するのは難しいから、まず私がやってみせます。
口頭說明較難，所以我先示範給你看。

(2)「リ」と「ソ」、どこが違うんですか。書いてみせてください。
「リ」和「ソ」哪裡不一樣呢？請寫給我看看。

單字及補充

▎平和 和平，和睦 ▎感謝 感謝 ▎用意 準備；注意 ▎支度 準備；打扮；準備用餐 ▎弁当 便當，飯盒 ▎ファストフード【fast food】速食 ▎デザート【dessert】餐後點心，甜點（大多泛指較西式的甜點） ▎ドレッシング【dressing】調味料，醬汁；服裝，裝飾 ▎負ける 輸；屈服

【意志】

(1) あと3点だったのに…。よし、次こそN3に合格してみせる。

明明只差3分就及格了…。好，下次一定會考過N3給大家看！

(2) 彼にはずっと負けてきたけど、将来きっと勝ってみせる。

雖然我從沒贏過他，但等著看將來我一定會打敗他！

練習

I [a,b] の中から正しいものを選んで、○をつけなさい。

① 次のテストではきっと100点を（a. 取って　b. 取り）みせる。

② 彼のために、愛（a. を込めて　b. をはじめ）セーターを編みました。

③ あんな奴に負けるものか。必ず勝って（a. みせる　b. みる）。

④ 力（a. を通じて　b. を込めて）バットを振ったら、ホームランになった。

II 下の文を正しい文に並べ替えなさい。_____に数字を書きなさい。

① 子どもの嫌いな食べ物は、親がおいし _____ _____ _____ _____。

1. そうに　2. みせる　3. 食べて　4. といい

② みんなの幸せの為に、_____ _____ _____ _____ を鳴らした。

1. 込めて　2. を　3. 鐘　4. 願い

錯題糾錯 NOTE

不要害怕做錯，越挫越勇！

日期　重點

復習次數

錯題 & 錯解

正解 & 解析

參考資料

錯題 & 錯解

正解 & 解析

參考資料

錯題 & 錯解

正解 & 解析

參考資料

27 希望、願望、意志、決定、感情表現（3）

／希望、願望、意志、決定、感情表現（3）

◆ てたまらない、でたまらない ／非常…、…得受不了

→ 接續方法：{[形容詞・動詞]て形} ＋てたまらない；{形容動詞詞幹} ＋でたまらない

【感情】

(1) 停電(ていでん)でクーラーが使(つか)えない。もう暑(あつ)くてたまらないよ。

因為停電冷氣無法使用，已經熱得受不了了啦。

(2) 何(なに)か面白(おもしろ)いことないかなあ。毎日退屈(まいにちたいくつ)でたまらないよ。

有沒有什麼趣事呢？我每天都無聊得發慌。

(3) 朝(あさ)から何(なに)も食(た)べてないんだ。おなかが空(す)いてたまらないよ。

從早上到現在都沒吃東西，肚子快要餓扁啦。

(4) 松井(まつい)さんがデートしているのを見(み)ちゃった。誰(だれ)かに話(はな)したくてたまらない。

無意間看到松井先生約會的情景，真的、真的超想把這個八卦告訴別人！

◆ てならない、でならない ／…得受不了、非常…

→ 接續方法：{[形容詞・動詞]て形} ＋てならない；{名詞；形容動詞詞幹} ＋でならない

【感情】

(1) 遅(おそ)くまで勉強(べんきょう)していたので、今日(きょう)は眠(ねむ)くてならない。

昨晚熬夜讀書，所以白天精神不濟、昏昏欲睡。

單字及補充

▍**停電**(ていでん) 停電，停止供電 ▍**クーラー【cooler】** 冷氣設備 ▍**退屈**(たいくつ) 無聊，鬱悶，寂，厭倦 ▍**腹**(はら) 肚子；心思，內心活動；心情，情緒；心胸，度量；胎內，母體內 ▍**肩**(かた) 肩，肩膀；（衣服的）肩 ▍**腰**(こし) 腰；（衣服、裙子等的）腰身 ▍**尻**(しり) 屁股，臀部；（移動物體的）後方，後面；末尾，最後；（長物的）末端 ▍**皮膚**(ひふ) 皮膚 ▍**臍**(へそ) 肚臍；物體中心突起部分

(2) 雨(あめ)で遠足(えんそく)が中止(ちゅうし)になって、残念(ざんねん)でならない。

遠足因下雨而中止了，感到很遺憾。

(3) あの人(ひと)はいつも私(わたし)の悪口(わるぐち)を言(い)う。腹(はら)が立(た)ってならない。

那個人老是說我壞話，真叫人生氣。

(4) 誰(だれ)もいないはずなのに、隣(となり)の部屋(へや)に誰(だれ)かいる気(き)がしてならない。

隔壁房間應該沒有人，我卻一直覺得好像有人。

練習

Ⅰ [a,b] の中から正しいものを選んで、○をつけなさい。

① あの人(ひと)のことが憎(にく)くて憎(にく)くて（a. たまらない　b. すまない）。

② 日本(にほん)はこのままではだめになると思(おも)えて（a. ほかはない　b. ならない）。

③ 老後(ろうご)が心配(しんぱい)（a. でならない　b. だけしかない）。

④ 最新(さいしん)のコンピューターが（a. 欲(ほ)しくてとまらない　b. 欲(ほ)しくてたまらない）。

Ⅱ 下の文を正しい文に並べ替えなさい。＿＿に数字を書きなさい。

① 低血圧(ていけつあつ)で、朝起(あさお)きる ＿＿ ＿＿ ＿＿ ＿＿。

1. 辛(つら)くて　2. の　3. たまらない　4. が

② 彼女(かのじょ)の ＿＿ ＿＿ ＿＿ ＿＿。

1. ならない　2. なって　3. ことが　4. 気(き)に

錯題糾錯 NOTE

不要害怕做錯，越挫越勇！

日期＿＿　重點

復習次數 □□□□□□

錯題 & 錯解

正解 & 解析

參考資料

錯題 & 錯解

正解 & 解析

參考資料

錯題 & 錯解

正解 & 解析

參考資料

28 希望、願望、意志、決定、感情表現（4）

／希望、願望、意志、決定、感情表現（4）

◆ ことか ／多麼…啊

→ 接續方法：{疑問詞} ＋ {形容動詞詞幹な；[形容詞・動詞] 普通形} ＋ ことか

【感慨】

(1) 彼女（かのじょ）は一人（ひとり）で３人（にん）の息子（むすこ）さんを育（そだ）てた。どれほど大変（たいへん）だったことか。

她一個人將 3 個兒子撫養長大，不難想像是費了多大的苦心啊！

(2) 今何時（いまなんじ）だと思（おも）ってるの？帰（かえ）って来（こ）ないから、どれだけ心配（しんぱい）したことか。

你以為現在幾點了？一直沒回來，你知道我有多擔心嗎？

(3) 仕事（しごと）が終（お）わって飲（の）むお酒（さけ）はどんなに美味（おい）しいことだろう。(口語)

辛苦工作完後小酌一杯，味道將會是多麼美味啊！

◆ ものだ ／過去…經常、以前…常常

→ 接續方法：{形容動詞詞幹な；形容詞辭書形；動詞普通形} ＋ものだ

【感慨】

(1) 年（とし）を取（と）ったら海（うみ）が見（み）える町（まち）に住（す）みたいものだ。

等我老了，真想住在一個看得到海的小鎮。

(2) 学生（がくせい）のころは、よく一人（ひとり）で映画（えいが）を見（み）に行（い）ったものだ。

想當年還是學生時，我經常一個人獨自去看電影呢。

(3) 凄（すご）い人出（ひとで）だなあ。鎌倉（かまくら）の町（まち）もすっかり変（か）わったものだ。

真是擁擠不堪的人潮啊，鎌倉小鎮也已經完全變了樣貌呢。

單字及補充

▎どんなに 怎樣，多麼，如何；無論如何…也 ▎町（ちょう） 鎮 ▎所（ところ）（所在的）地方，地點 ▎店（みせ） 店，商店，店鋪，攤子 ▎凄い（すごい） 非常（好）；厲害；好的令人吃驚；可怕，嚇人 ▎会（かい） …會 ▎会（かい） 會，會議，集會 ▎倒産（とうさん） 破產，倒閉 ▎訪問（ほうもん） 訪問，拜訪

◆ 句子＋わ　／…啊、…呢、…呀

→ 接續方法：{句子} ＋わ

【主張】

(1) あ、キムタクだわ。キムタク、キムタクがいるわよ。

啊，是木村拓哉！木村拓哉，木村拓哉在那裡喔！

(2) 私(わたし)だって、課長(かちょう)さんの奥(おく)さんに会(あ)ってみたいわ。

我也好想見見課長夫人啊！

(3) 明日(あした)の講演会(こうえんかい)、私(わたし)も出席(しゅっせき)するわ。

明天的報告會議我也會出席喔！

練習

Ⅰ [a,b] の中から正しいものを選んで、○をつけなさい。

① 早(はや)く休(やす)みたい（a. わ　b. っけ）。

② 学生時代(がくせいじだい)は毎日(まいにち)ここに登(のぼ)った（a. ものか　b. ものだ）。

③ こんなにたくさんの食(た)べ物(もの)が毎日(まいにち)捨(す)てられているとは、なんともったいない（a. ことだ　b. ことか）。

④ 久(ひさ)しぶりに褒(ほ)められた。褒(ほ)められるっていい（a. ものだ　b. わけだ）。

Ⅱ 下の文を正しい文に並べ替えなさい。＿＿に数字を書きなさい。

① あんな人(ひと)のことなんて、＿＿　＿＿　＿＿　＿＿。

1. 忘(わす)れて　2. もう　3. わ　4. しまった

② ＿＿　＿＿　＿＿　＿＿。昼(ひる)でも電気(でんき)をつけていた部屋(へや)がこんなに明(あか)るくなりました。

1. でしょう　2. という　3. こと　4. なん

錯題糾錯 NOTE

不要害怕做錯，越挫越勇！

日期＿＿＿　重點

復習次數 □□□□□

錯題＆錯解

正解＆解析

參考資料

錯題＆錯解

正解＆解析

參考資料

錯題＆錯解

正解＆解析

參考資料

29 義務、不必要（1）

／義務、不必要（1）

◆ ないと、なくちゃ　／不…不行

→ 接續方法：{動詞否定形} ＋ないと、なくちゃ

【條件】

(1) あ、おじいさんが乗(の)って来(き)た。席(せき)を譲(ゆず)らないと。

啊，有老爺爺上車了，我得讓座才行。

(2) 10時(じ)にお客(きゃく)さんが来(く)るから、早(はや)く片付(かたづ)けなくちゃ。

10點就有客人要來了，不快點整理乾淨不行。

(3) この映画(えいが)、今(いま)、大(だい)ヒットしているよね。私(わたし)も見(み)なくちゃ。

這部電影現在人氣爆棚，我也非看不可。

◆ ないわけにはいかない　／不能不…、必須…

→ 接續方法：{動詞否定形} ＋ないわけにはいかない

【義務】

(1) 今日(きょう)は会社(かいしゃ)の面接(めんせつ)だから、スーツを着(き)ていかないわけにはいかない。

今天要參加公司面試，得穿西裝赴試才行。

(2) 仕事(しごと)が溜(た)まっているので、今日(きょう)は残業(ざんぎょう)しないわけにはいかない。

工作堆積如山，今天必須加班了。

(3) 言(い)いにくいが、彼(かれ)のためを思(おも)うと、このことは話(はな)さないわけにはいかない。

雖然難以啟齒，但為了他著想，還是必須和他談談這件事情。

單字及補充

▌面接(めんせつ)（為考察人品、能力而舉行的）面試，接見，會面　▌スーツ【suit】套裝　▌オーバー（コート）【overcoat】大衣，外套，外衣　▌ジーンズ【jeans】牛仔褲　▌ジャケット【jacket】外套，短上衣；唱片封面　▌パンツ【pants】內褲；短褲；運動短褲　▌パンプス【pumps】女用的高跟皮鞋，淑女包鞋　▌ブラウス【blouse】（多半為女性穿的）罩衫，襯衫

◆ わけにはいかない、わけにもいかない
／不能…、不可…

→ 接續方法：{動詞辭書形；動詞ている} ＋わけには（も）いかない

【不能】

（1）今日（きょう）は車（くるま）だから、お酒（さけ）を飲（の）むわけにはいかない。
今天開車過來的，所以不能喝酒。

（2）営業（えいぎょう）の仕事（しごと）なので、夏（なつ）でもスーツを着（き）ないわけにはいかない。
因為從事業務的工作，夏天也不得不穿西裝。

（3）課長（かちょう）がくれたお土産（みやげ）、捨（す）てるわけにもいかないし、どうしよう。好（す）きじゃないんだよね。
課長給我的伴手禮又不能丟掉，怎麼辦？我其實不是很喜歡耶。

練習

Ⅰ [a,b] の中から正しいものを選んで、○をつけなさい。

① 仕事（しごと）なんだから、苦手（にがて）な人（ひと）でも（a. 会（あ）わないわけにはいかない　b. 会（あ）わなくてもかまわない）。

② 友情（ゆうじょう）を裏切（うらぎ）る（a. わけではない　b. わけにはいかない）。

③ 明日朝（あしたあさ）5時（じ）出発（しゅっぱつ）だから、もう（a. 寝（ね）なくきゃ　b. 寝（ね）なくちゃ）。

④ 娘（むすめ）が不幸（ふこう）になるのを黙（だま）って見（み）ている（a. わけにはなりません　b. わけにはいきません）。

Ⅱ 下の文を正しい文に並べ替えなさい。＿＿＿に数字を書きなさい。

① もう5時（じ）ですね。＿＿＿　＿＿＿　＿＿＿　＿＿＿。

1. しない　2. と　3. そろそろ　4. 失礼（しつれい）

② 親戚（しんせき）なんだから、大阪（おおさか）の ＿＿＿　＿＿＿　＿＿＿　＿＿＿ にはいかない。

1. を　2. おじさん　3. 呼（よ）ばない　4. わけ

錯題糾錯 NOTE

不要害怕做錯，越挫越勇！

日期＿＿＿　重點

復習次數 □□□□□

錯題＆錯解

正解＆解析

參考資料

錯題＆錯解

正解＆解析

參考資料

錯題＆錯解

正解＆解析

參考資料

30 義務、不必要（2）

／義務、不必要（2）

◆ から（に）は ／(1) 既然…，就…；(2) 既然…

→ 接續方法：{動詞普通形} ＋から（に）は

【理由】

(1) オリンピックに出(で)るからには、金(きん)メダルを取(と)りたい。
既然要參加奧林匹克，就非拿金牌不可。

(2) ここまで来(き)たからには、頑張(がんば)って頂上(ちょうじょう)まで登(のぼ)ろう。
既然都爬到這裡了，就要竭盡所能登頂才行。

【義務】

(1) 付(つ)き合(あ)うからには、ちゃんと結婚(けっこん)のことを考(かんが)えてください。
既然交往了，就要認真考慮結婚的問題。

◆ ほか（は）ない ／只有…、只好…、只得…

→ 接續方法：{動詞辭書形} ＋ほか（は）ない

【讓步】

(1) あーっ、冷蔵庫(れいぞうこ)の中(なか)が空(から)っぽ。晩(ばん)ご飯(はん)は外食(がいしょく)するほかないわね。
啊——冷凍庫空空如也，晚餐只能吃外食了。

(2) その絶景(ぜっけい)カフェに行(い)くには、歩(ある)いて行(い)くほかない。
要走訪那個絕景咖啡廳，只能步行前往。

(3) 台風(たいふう)が近(ちか)づいているから、週末(しゅうまつ)の旅行(りょこう)はキャンセルするほかない。
由於颱風逼近，週末的旅行只能取消了。

單字及補充

▎付(つ)き合(あ)う 交際，往來；陪伴，奉陪，應酬 ▎キャンセル【cancel】取消，作廢；廢除 ▎鞄(かばん) 皮包，提包，公事包，書包 ▎バッグ【bag】手提包 ▎ベルト【belt】皮帶；（機）傳送帶；（地）地帶 ▎マフラー【muffler】圍巾；（汽車等的）滅音器 ▎スカーフ【scarf】圍巾，披肩；領結 ▎かび 霉 ▎真(ま)っ白(しろ) 雪白，淨白，皓白

◆ より（ほか）ない、ほか（しかたが）ない　／只有…、除了…之外沒有…

→ 接續方法：{名詞；動詞辭書形} ＋より（ほか）ない；
{動詞辭書形} ＋ほか（しかたが）ない；
{名詞；動詞辭書形} ＋よりほかに～ない

【讓步】

（1）こんなこと、あなたよりほかに話せる人がいないの。

這種事除了你以外，沒有其他人可以傾訴了。

（2）これだけ探して見つからないなら、諦めるよりほかない。

都四處找遍了還找不到的話，就只能放棄了。

（3）うわ、皮のかばんがカビで真っ白。もう捨てるほかしかたがないわね。

哇，皮製包包發霉，表面有層白色粉狀物質，這樣就只能丟掉了吧。

練習

Ⅰ [a,b] の中から正しいものを選んで、○をつけなさい。

① 誰も手伝ってくれないので、自分一人で（a. やるほかない　b. やることはない）。

② もう時間がない。こうなったら一生懸命やる（a. わけにはいかない　b. よりほかない）。

③ 教師になった（a. からには　b. からこそ）、生徒一人一人をしっかり育てたい。

④ この注射が効かなければ、手術するほか（a. あります　b. ありません）。

Ⅱ 下の文を正しい文に並べ替えなさい。＿＿＿に数字を書きなさい。

① 我々の秘密 ＿＿＿ ＿＿＿ ＿＿＿ ＿＿＿、このまま帰すわけにはいかない。

1. には　2. 知られた　3. から　4. を

② 上手になるには、練習 ＿＿＿ ＿＿＿ ＿＿＿ ＿＿＿。

1. ほか　2. ない　3. は　4. し続ける

30 Track

錯題糾錯 NOTE

不要害怕做錯，越挫越勇！

日期＿＿＿　重點

復習次數 □□□□□□

錯題＆錯解

正解＆解析

參考資料

錯題＆錯解

正解＆解析

參考資料

錯題＆錯解

正解＆解析

參考資料

31 条件、仮定（1）

／條件、假定（1）

◆ ようなら、ようだったら ／如果…、要是…

→ 接續方法：{名詞の；形容動詞な；[動詞・形容詞]辭書形} ＋ようなら、ようだったら

【條件】

(1) 帰(かえ)りが9時(じ)過(す)ぎるようなら、駅(えき)まで迎(むか)えに行(い)くから電話(でんわ)してね。

如果超過9點才回得來，可以打電話給我，我到車站去接你。

(2) 一晩(ひとばん)寝(ね)て、明日(あした)も熱(ねつ)が下(さ)がらないようだったら、病院(びょういん)に来(き)てください。

回家睡一晚，如果明天還是沒退燒的話，再到醫院回診。

(3) ご主人(しゅじん)も来(こ)られるようなら、ぜひご一緒(いっしょ)にいらしてください。

如果您先生也能前來的話，務必共同蒞臨。

(4) 明日(あした)になっても痛(いた)いようなら、お医者(いしゃ)さんに行(い)こう。

如果明天還是疼痛難耐的話，就去看醫生吧。

◆ たら、だったら、かったら ／要是…、如果…

→ 接續方法：{動詞た形} ＋たら；{名詞・形容詞詞幹} ＋だったら；{形容詞た形} ＋かったら

【假定條件】

(1) この指輪(ゆびわ)、もし本物(ほんもの)のダイヤモンドだったら、100万円(まんえん)はするよ。

這個戒指如果是真鑽的話，要價可得要100萬圓呢！

(2) この部屋(へや)、もう少(すこ)し静(しず)かだったら借(か)りたいけど、ちょっとうるさすぎる。

這個房間如果安靜一點就會考慮租下來，但就是有點太吵了。

單字及補充

▌ダイヤモンド【diamond】鑽石 ▌ネックレス【necklace】項鍊 ▌アクセサリー【accessary】飾品，裝飾品；零件 ▌指輪(ゆびわ) 戒指 ▌鉄鋼(てっこう) 鋼鐵 ▌ビニール【vinyl】（化）乙烯基；乙烯基樹脂；塑膠 ▌プラスチック【plastic・plastics】（化）塑膠，塑料 ▌ポリエステル【polyethylene】（化學）聚乙稀，人工纖維

(3) 遠慮しないで言ってくれたら、手伝ったのに。
你要是別客氣直接跟我說的話，我就會幫你的說…。

(4) お金があったら、家が買えるのに。
如果有錢的話，就能買房了說…。

練習

I [a,b] の中から正しいものを選んで、○をつけなさい。

① 鳥のように空を（a. 飛んだって　b. 飛べたら）、楽しいだろうなあ。

② 足に怪我（a. しなかったら　b. しないなら）、バスケットボールを続けていたでしょう。

③ よくならない（a. そう　b. よう）なら、検査を受けたほうがいい。

④ パーティーが 10 時過ぎる（a. ようなら　b. ようたら）、途中で抜けることにする。

II 下の文を正しい文に並べ替えなさい。＿＿に数字を書きなさい。

① もう一回頼んで ＿＿ ＿＿ ＿＿ ＿＿、広告をもらうのは諦めましょう。

1. ダメな　2. みて　3. なら　4. よう

② 若い頃、もっと ＿＿ ＿＿ ＿＿ ＿＿。

1. よかった　2. おいた　3. 勉強して　4. ら

錯題糾錯 NOTE
不要害怕做錯，越挫越勇！
日期 ＿＿　重點
復習次數 □□□□□
錯題 & 錯解
正解 & 解析
參考資料
錯題 & 錯解
正解 & 解析
參考資料
錯題 & 錯解
正解 & 解析
參考資料

32 条件、仮定（2）

／條件、假定（2）

◆ とすれば、としたら、とする　／如果…、如果…的話、假如…的話

→ 接續方法：{名詞だ；形容動詞詞幹だ；[形容詞・動詞] 普通形} ＋とすれば、としたら、とする

【假定條件】

(1) 1日(にち)6時間(じかん)、時給(じきゅう)1000円(えん)だとしたら、週(しゅう)2日(ふつか)でも月(つき)に5万円(まんえん)近(ちか)く稼(かせ)げるわよ。

一天6小時，時薪1000圓的話，一週只工作兩天也能每月賺5萬圓左右喔。

(2) 台湾(タイワン)の良(よ)さを挙(あ)げるとすれば、何(なん)と言(い)ってもみんなが親切(しんせつ)なことだろう。

如果要舉出台灣的優點，最叫人津津樂道的莫過於人們的親切熱情。

(3) 30歳(さい)で家(いえ)を買(か)うとします。一戸建(いっこだ)てとマンションと、どちらを買(か)いますか。

30歲買房的話，該買透天厝還是公寓好呢？

◆ ばよかった　／…就好了；沒（不）…就好了

→ 接續方法：{動詞假定形} ＋ばよかった；{動詞否定形（去い）} ＋なければよかった

【反事實條件】

(1) なんだか頭(あたま)が働(はたら)かない。昨日(きのう)の夜早(よるはや)く寝(ね)ればよかった。

不知怎麼頭腦不太清楚，昨晚要是早點休息就好了。

(2) あの時(とき)、あの人(ひと)に好(す)きだと言(い)えばよかった。

要是那時能跟那個人表明「我喜歡你」的心意就好了。

單字及補充

▎マンション【mansion】公寓大廈；（高級）公寓　▎棚(たな)（放置東西的）隔板，架子，棚　▎天井(てんじょう) 天花板　▎柱(はしら)（建）柱子；支柱；（轉）靠山　▎ブラインド【blind】百葉窗，窗簾，遮光物　▎毛布(もうふ) 毛毯，毯子　▎文句(もんく) 詞句，語句；不平或不滿的意見，異議　▎間違(まちが)える 錯；弄錯　▎間違(まちが)う 做錯，搞錯；錯誤

(3) 夕方コーヒーを飲まなければよかった。ちっとも眠れない。
要是下午沒喝咖啡就好了，我現在根本睡不著。

◆ さえ～ば、さえ～たら ／只要…（就…）

→ 接續方法：{名詞} ＋さえ＋ {[形容詞・形容動詞・動詞] 假定形} ＋ば；{名詞} ＋さえ＋{[形容詞・形容動詞・動詞] た形} ＋たら

【條件】

(1) 時給さえ高ければ、どんな仕事でも文句は言わない。
只要時薪夠高，不管做什麼工作我都沒有怨言。

(2) メールアドレスさえあれば、誰でも登録できます。
只要有信箱帳號，任何人都能登入。

【惋惜】

(1) あの問題さえ間違えなかったら、満点だっただろう。
要是那題沒寫錯的話，就滿分了吧。

練習

I [a,b] の中から正しいものを選んで、○をつけなさい。

① 彼が犯人（a. にしては　b. だとすれば）、動機は何だろう。

② ああ、久しぶりの良い天気だ。仕事さえ（a. なければ　b. よければ）、海へ遊びに行けるのに。

③ こんなに痛くなるなら、もっと早くお医者さんに診てもらえば（a. 済んだ　b. よかった）。

④ このお弁当が 400 円で高い（a. としたら　b. といったら）、何も買えなくなるよ。

II 下の文を正しい文に並べ替えなさい。＿＿＿に数字を書きなさい。

① 彼にお金 ＿＿＿ ＿＿＿ ＿＿＿ ＿＿＿。全然返してくれない。
1. を　2. よかった　3. ければ　4. 貸さな

② この ＿＿＿ ＿＿＿ ＿＿＿ ＿＿＿ ば、全国大会に出られる。
1. に　2. 勝て　3. さえ　4. 試合

錯題糾錯 NOTE
不要害怕做錯，越挫越勇！

日期＿＿＿　重點
復習次數 □□□□□

錯題 & 錯解

正解 & 解析

參考資料

錯題 & 錯解

正解 & 解析

參考資料

錯題 & 錯解

正解 & 解析

參考資料

33 条件、仮定（3）

／條件、假定（3）

◆ たとえ～ても　／即使…也…、無論…也…

→ 接續方法：たとえ＋｛動詞て形・形容詞く形｝＋ても；たとえ＋｛名詞；形容動詞詞幹｝＋でも

【逆接條件】

(1) たとえ冗談（じょうだん）でも、そんなことは言（い）うべきではありません。
就算是開玩笑，也不該開過了頭說出那種話。

(2) たとえ忙（いそが）しくても、夕方（ゆうがた）は必（かなら）ず彼女（かのじょ）を会社（かいしゃ）まで迎（むか）えに行（い）っている。
不管再怎麼忙，下午都一定會去女友的公司接她下班。

(3) たとえハンサムでも、性格（せいかく）が悪（わる）い人（ひと）とは付（つ）き合（あ）いたくない。
即使長得特別帥，但性格非常差的男性，我也不會選擇與他交往。

◆（た）ところ　／…，結果…

→ 接續方法：｛動詞た形｝＋ところ

【順接】

(1) 彼（かれ）の家（いえ）を訪（たず）ねたところ、留守（るす）でした。
我到他家拜訪，結果沒有人在家。

(2) お医者（いしゃ）さんに診（み）てもらったところ、何（なに）も問題（もんだい）はなかった。
請醫生替我診斷，卻沒有發現任何問題。

(3) 枕（まくら）を変（か）えてみたところ、よく眠（ねむ）れるようになった。
換了一顆枕頭，就睡得比較舒適安穩了。

單字及補充

▍冗談（じょうだん） 戲言，笑話，詼諧，玩笑 ▍必ず（かならず） 一定，務必，必須 ▍迎え（むかえ） 迎接；去迎接的人；接，請 ▍診る（みる） 診察 ▍冷ます（さます） 冷卻，弄涼；（使熱情、興趣）降低，減低 ▍ウイルス【virus】 病毒，濾過性病毒 ▍症状（しょうじょう） 症狀 ▍状態（じょうたい） 狀態，情況 ▍枕（まくら） 枕頭

◆ てからでないと、てからでなければ

／不…就不能…、不…之後，不能…、…之前，不…

→ 接續方法：{動詞て形} ＋てからでないと、てからでなければ

【條件】

(1) 手(て)を洗(あら)ってからでないと、飲(の)んだり食(た)べたりしてはいけませんよ。

洗手之前不能喝飲料吃東西。

(2) 主人(しゅじん)に相談(そうだん)してからでないと、私一人(わたしひとり)では決(き)められません。

沒和我先生商量，我不能擅自做決定。

(3) レポートを書(か)き終(お)わってからでなければ、旅行(りょこう)は無理(むり)です。

要先寫完報告，否則恐怕無法出門旅行。

練習

Ⅰ [a,b] の中から正しいものを選んで、○をつけなさい。

① ご飯(はん)を全部(ぜんぶ)食(た)べて（a. からでないと　b. はじめて）、アイスを食(た)べてはいけません。

② 思(おも)い切(き)って頼(たの)んでみた（a. ところ　b. としたら）、OKが出(で)ました。

③ 新(あたら)しいスマホを使(つか)ってみた（a. ところに　b. ところ）、とても使(つか)いやすかった。

④ たとえ親(おや)に（a. 反対(はんたい)されたら　b. 反対(はんたい)されても）、私(わたし)はあの人(ひと)と結婚(けっこん)するつもりだ。

Ⅱ 下の文を正しい文に並べ替えなさい。＿＿＿に数字を書きなさい。

① ＿＿＿ ＿＿＿ ＿＿＿ ＿＿＿ かまいません。

1. ても　2. 費用(ひよう)が　3. 高(たか)く　4. たとえ

② 契約書(けいやくしょ)を ＿＿＿ ＿＿＿ ＿＿＿ ＿＿＿ なければ、サインすることはできない。

1. で　2. から　3. 読(よ)んで　4. よく

錯題糾錯 NOTE

不要害怕做錯，越挫越勇！

日期＿＿＿　重點

復習次數 □□□□□

錯題＆錯解

正解＆解析

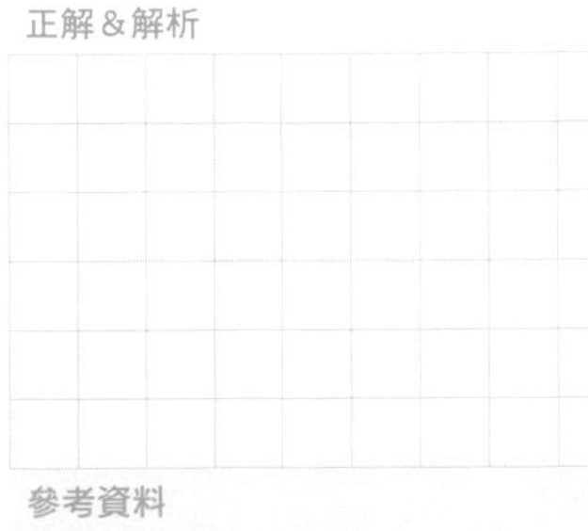

參考資料

錯題＆錯解

參考資料

錯題＆錯解

正解＆解析

參考資料

34 規定、慣例、慣習、方法（1）

／規定、慣例、習慣、方法（1）

◆ ことになっている、こととなっている ／按規定…、預定…、將…

→ 接續方法：{動詞辭書形；動詞否定形} ＋ことになっている、こととなっている

【約定】

(1) 来週（らいしゅう）からドイツへ出張（しゅっちょう）することになっている。
預計下週要到德國出差。

(2) このマンションでは、ペットを飼（か）ってはいけないことになっている。
這棟公寓禁止飼養寵物。

(3) 日本（にほん）では、車（くるま）は左側（ひだりがわ）を走（はし）ることになっている。
在日本，汽車規定靠左行駛。

(4) チェックアウトの時間（じかん）を過（す）ぎたら、超過料金（ちょうかりょうきん）をいただくこととなっております。
如果超出約定時間退房，將會收取延遲退房費用。

◆ ことにしている ／都…、向來…

→ 接續方法：{動詞普通形} ＋ことにしている

【習慣等變化】

(1) 健康（けんこう）のために、毎朝（まいあさ）ラジオ体操（たいそう）をすることにしている。
為了健康著想，我固定每天早上做廣播體操。

(2) 夜（よる）８時（じ）以降（いこう）は甘（あま）いものを食（た）べないことにしている。
我習慣晚上８點以後就不吃甜食了。

單字及補充

▌飼（か）う 飼養（動物等） ▌牛（うし） 牛 ▌馬（うま） 馬 ▌生物（せいぶつ） 生物 ▌頭（とう）（牛、馬等）頭 ▌羽（わ）（數鳥或兔子）隻 ▌鳴（な）る 響，叫；聞名 ▌車（しゃ） 車；（助數詞）車，輛，車廂 ▌ドライブ【drive】 開車遊玩；兜風

(3) わからない言葉(ことば)があったら、必(かなら)ず辞書(じしょ)を引(ひ)くことにしている。

只要有不懂的字，我一定會查字典弄清楚。

(4) 私(わたし)は家(いえ)では仕事(しごと)の話(はなし)をしないことにしています。

我在家絕口不提工作上的事。

練習

Ⅰ [a,b] の中から正しいものを選んで、○をつけなさい。

① この決(き)まりは、2年後(ねんご)に見直(みなお)す（a. ことにしている　b. こととなっている）。

② 休日(きゅうじつ)は家(いえ)でゆったりと過(す)ごす（a. ことだろう　b. ことにしている）。

③ うちの会社(かいしゃ)は、福岡(ふくおか)に新(あたら)しい工場(こうじょう)を作(つく)ることに（a. なっている　b. している）。

④ 毎晩(まいばん) 12 時(じ)に寝(ね)ることに（a. して　b. やって）いる。

Ⅱ 下の文を正しい文に並べ替えなさい。＿＿＿に数字を書きなさい。

① 社長(しゃちょう)はお約束(やくそく)のある方(かた)と ＿＿＿ ＿＿＿ ＿＿＿ ＿＿＿ となっております。

1. しない　2. こと　3. しか　4. お会(あ)い

② 家事(かじ)は夫婦(ふうふ)で半分(はんぶん) ＿＿＿ ＿＿＿ ＿＿＿ ＿＿＿ しています。

1. ずつ　2. こと　3. やる　4. に

錯題糾錯 NOTE

不要害怕做錯，越挫越勇！

日期＿＿＿　重點

復習次數 □□□□□

錯題＆錯解

正解＆解析

參考資料

錯題＆錯解

正解＆解析

參考資料

錯題＆錯解

正解＆解析

參考資料

35 規定、慣例、慣習、方法（2）

／規定、慣例、習慣、方法（2）

◆ようになっている　／(1) 就會…；(2) 會…

→ 接續方法：{名詞の；動詞辭書形；動詞可能形} ＋ようになっている

【功能】

(1) 玄関灯（げんかんとう）は、暗（くら）くなるとつくようになっている。
玄關的燈只要周遭一暗，就會自動開啟照明。

(2) パスワードを入力（にゅうりょく）しないと、ログインできないようになっている。
只要不輸入密碼，就無法登入網頁。

【習慣等變化】

(1)「日本（にほん）に行（い）った陳（チン）くんはもう納豆（なっとう）が食（た）べられるようになっているかな？」「ええ、今（いま）は大好（だいす）きになったそうです。」
「赴日的陳同學已經敢吃納豆了嗎？」「嗯，聽說他現在已經吃上癮了。」

(2) 最近（さいきん）はほとんど電子（でんし）マネーを使（つか）うようになっていて、現金（げんきん）を使（つか）うことがなくなった。
最近幾乎都用電子支付，許多交易已經不太使用現金了。

◆ようがない、ようもない　／沒辦法、無法…；不可能…

→ 接續方法：{動詞ます形} ＋ようが（も）ない；名詞＋（の）＋しようがない

【沒辦法】

(1) 今日（きょう）のホームランはさすがとしか言（い）いようがない。
今天的全壘打只能說打者果然名不虛傳啊。

單字及補充

▍入力（にゅうりょく） 輸入；輸入數據　▍球（たま） 球　▍トラック【track】（操場、運動場、賽馬場的）跑道　▍ボール【ball】球；（棒球）壞球　▍ラケット【racket】（網球、乒乓球等的）球拍　▍グループ【group】（共同行動的）集團，夥伴；組，幫，群　▍チーム【team】組，團隊；（體育）隊　▍住所（じゅうしょ） 地址

(2) 毎日（まいにち）遅刻（ちこく）、仕事（しごと）は遅（おそ）い、お客（きゃく）さんは怒（おこ）らせる。まったくどうしようもない。

每天遲到、動作又慢，還會惹怒客人，真是一無是處。

(3) こんなに感染力（かんせんりょく）が強（つよ）くては、防（ふせ）ぎようがない。

如此強大的傳染力，根本難以預防。

(4) 台北（タイペイ）で会（あ）った大学生（だいがくせい）を探（さが）したいと言（い）っても、名前（なまえ）も住所（じゅうしょ）もわからなきゃ探（さが）しようがないよ。

就算你說想找之前在台北偶遇的大學生，但不知道名字跟住址根本無從找起啊。

練習

I [a,b] の中から正しいものを選んで、○をつけなさい。

① ここのボタンを押（お）すと、水（みず）が出（で）る（a. よう　b. ため）になっている。

② 素晴（すば）らしい演技（えんぎ）だ。文句（もんく）の（a. つけ　b. つける）ようがない。

③ 日本（にほん）に住（す）んで3年（ねん）、今（いま）では日本語（にほんご）で夢（ゆめ）を見（み）る（a. こと　b. よう）になっている。

④ 道（みち）に人（ひと）があふれているので、（a. 通（とお）り抜（ぬ）けるわけではない　b. 通（とお）り抜（ぬ）けようがない）。

II 下の文を正しい文に並べ替えなさい。＿＿＿に数字を書きなさい。

① このトイレは、入（はい）ってドアを閉（し）める ＿＿＿ ＿＿＿ ＿＿＿ ＿＿＿ なっている。

1. 電気（でんき）が　2. と　3. ように　4. 点（つ）く

② 済（す）んだことは、＿＿＿ ＿＿＿ ＿＿＿ ＿＿＿ ない。

1. しよう　2. も　3. どう　4. 今更（いまさら）

錯題糾錯 NOTE

不要害怕做錯，越挫越勇！

日期 ＿＿＿　重點

復習次數 □□□□□

錯題 & 錯解

正解 & 解析

參考資料

錯題 & 錯解

正解 & 解析

參考資料

錯題 & 錯解

正解 & 解析

參考資料

36 並列、添加、列挙（1）

／並列、添加、列舉（1）

◆ とともに　／(1) 與…同時，也…；(2) 和…一起；(3) 隨著…

→ 接續方法：{名詞；動詞辭書形} ＋とともに

【同時】

(1) 梅雨(つゆ)が明(あ)けるとともに、一気(いっき)に真夏(まなつ)になった。
隨著梅雨季的結束，氣候一下子便進入炙熱的盛夏。

【並列】

(1) 子(こ)どもとともに過(す)ごす時間(じかん)が、私(わたし)にとっての宝物(たからもの)です。
和孩子一起相處的時光，對我而言是多麼的難得與寶貴。

【相關關係】

(1) AI の発達(はったつ)とともに、新(あたら)しい仕事(しごと)も生(う)まれるが、なくなる仕事(しごと)も少(すく)なくない。
隨著 AI 智慧的發展，會誕生新型態的工作機會，但也會讓許多工作消失。

(2) 年(とし)を取(と)るとともに、本(ほん)や新聞(しんぶん)の字(じ)が見(み)えにくくなってきた。
逐漸上了年紀，逐漸上了年紀，閱讀書籍和報紙上的文字也顯得更為吃力了。

◆ ついでに　／順便…、順手…、就便…

→ 接續方法：{名詞の；動詞普通形} ＋ついでに

【附加】

(1) 映画(えいが)のついでに、買(か)い物(もの)しない？
看完電影要不要順便逛街購物？

單字及補充

▌発達(はったつ)（身心）成熟，發達；擴展，進步；（機能）發達，發展　▌芸術(げいじゅつ) 藝術　▌作品(さくひん) 製成品；（藝術）作品，（特指文藝方面）創作　▌美術(びじゅつ) 美術　▌詩(し) 詩，詩歌　▌描(えが)く 畫，描繪；以…為形式，描寫；想像　▌場面(ばめん) 場面，場所；情景，（戲劇、電影等）場景，鏡頭；市場的情況，行情　▌舞台(ぶたい) 舞台；大顯身手的地方　▌パソコン【personal computer 之略】個人電腦

(2) 自分のお弁当を作るついでに、彼のお弁当も作っている。

為自己做便當，也順便幫他做了一份。

(3) アメリカ出張のついでに、1日休みを取って美術館を見学してきた。

到美國出差時，請了一天假順道參觀了美術館。

(4) パソコンを買い替えるついでに、プリンタも新しく買おう。

換新電腦時，也想順便換一台新影印機。

練習

Ⅰ [a,b] の中から正しいものを選んで、○をつけなさい。

① 知人を訪ねて京都に行った（a. ついで　b. 最中）に、観光をしました。

② 文法を学ぶ（a. につれて　b. とともに）、単語も覚える。

③ いつも、ご飯を作る（a. ところ　b. ついで）に、翌日のお弁当の用意もしておく。

④ 彼らは大学卒業（a. とともに　b. ついでに）結婚した。

Ⅱ 下の文を正しい文に並べ替えなさい。＿＿に数字を書きなさい。

① さあ、皆さん、＿＿　＿＿　＿＿　＿＿　ともに大きな声で歌いましょう。

1. の　2. 生演奏　3. バンド　4. と

② 風邪で　＿＿　＿＿　＿＿　＿＿　に、指のけがも見てもらった。

1. 医者　2. ついで　3. 行った　4. に

錯題糾錯 NOTE

不要害怕做錯，越挫越勇！

日期＿＿　重點

復習次數 □□□□□

錯題＆錯解

正解＆解析

參考資料

錯題＆錯解

正解＆解析

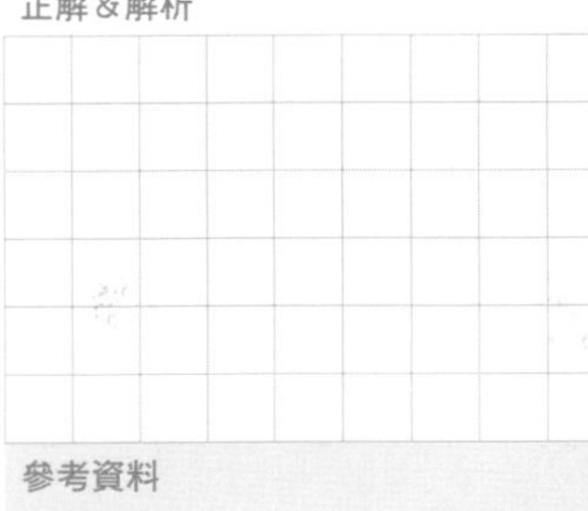

參考資料

錯題＆錯解

正解＆解析

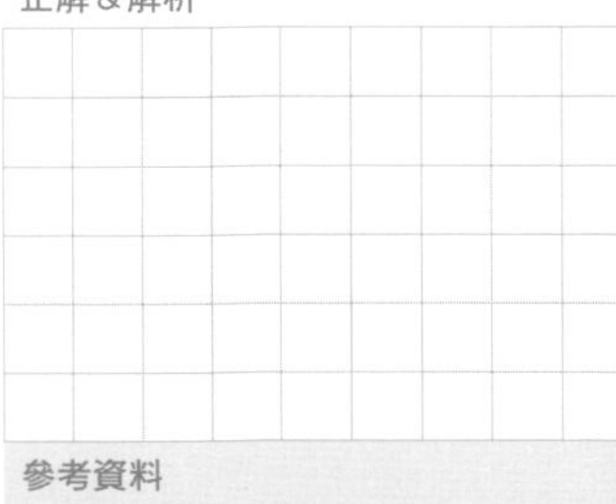

參考資料

37 並列、添加、列挙（2）

／並列、添加、列舉 （2）

◆ にくわえ（て） ／而且…、加上…、添加…

→ 接續方法：{名詞} ＋に加え（て）

【附加】

（1）彼は、実力があるのに加えて性格もいいので、みんなから愛されている。

他不但有實力，個性也相當好，因而受到大家的愛戴。

（2）勉強に加えて、アルバイトもしなければなりませんから、留学生は大変です。

除了學習，還必須要兼顧打工，留學生真的很辛苦。

（3）日本の夏は、暑さに加え、湿度も高くて過ごしにくい。

日本的夏天不僅高溫炎熱，濕度又高，日子過得難受啊。

（4）今回の地震は、津波に加えて火事の被害も大きかった。

這次既有地震，再加上海嘯，不僅如此火災的災情也慘重無比。

◆ をはじめ（とする、として） ／以…為首、…以及…、…等等

→ 接續方法：{名詞} ＋をはじめ（とする、として）

【例示】

（1）東南アジアでは、TOYOTA をはじめとする日本車の人気が高い。

在東南亞，以 TOYOTA 為首的日系車人氣居高不下。

單字及補充

▌出場（參加比賽）上場，入場；出站，走出場 ▌ゲーム【game】遊戲，娛樂；比賽 ▌ミュージカル【musical】音樂劇；音樂的，配樂的 ▌曲 曲調；歌曲；彎曲 ▌クラシック【classic】經典作品，古典作品，古典音樂；古典的 ▌ポップス【pops】流行歌，通俗歌曲（「ポピュラーミュージック」之略稱） ▌ジャズ【jazz】（樂）爵士音樂 ▌演奏 演奏

(2) この店では、タピオカミルクティーをはじめとして、豆花、カステラなどの台湾スイーツが食べられる。

在這家店可以吃到名品珍珠奶茶之外，還有豆花、古早味雞蛋糕等台灣甜點可以品嚐。

(3) 入場行進では、「ドラクエ」をはじめ、多くのゲーム音楽が使われた。

選手進場時，採用了「勇者鬥惡龍」等諸多電玩遊戲的配樂。

(4) 校長先生をはじめ、先生方、職員の皆さん方、この１年間、本当にお世話になりました。

感謝以校長為首，各位老師以及所有職員，這一年來的諸多關照了。

練習

Ⅰ [a,b] の中から正しいものを選んで、○をつけなさい。

① この病院には、内科（a. をはじめ　b. を中心に）、外科や耳鼻科などがあります。

② 書道（a. に対して　b. に加えて）、華道も習っている。

③ 富士山（a. を込めて　b. をはじめとして）、日本の山は火山が多い。

④ 電気代（a. に加え　b. につけ）、ガス代までもが値上がりした。

Ⅱ 下の文を正しい文に並べ替えなさい。＿＿＿に数字を書きなさい。

① ＿＿＿　＿＿＿　＿＿＿　＿＿＿　するさまざまな書類を、書留で送った。

1. を　2. 小切手　3. と　4. はじめ

② 太っている　＿＿＿　＿＿＿　＿＿＿　＿＿＿　も薄い。

1. の　2. 加えて　3. 髪　4. に

錯題糾錯 NOTE

不要害怕做錯，越挫越勇！

日期＿＿＿　重點

復習次數 □□□□□

錯題＆錯解

正解＆解析

參考資料

錯題＆錯解

正解＆解析

參考資料

錯題＆錯解

正解＆解析

參考資料

38 並列、添加、列挙（3）

／並列、添加、列舉（3）

◆ ばかりか、ばかりでなく
／(1) 不要…最好…；(2) 豈止…，連…也…、不僅…而且…

→ 接續方法：{名詞；形容動詞詞幹な；[形容詞・動詞] 普通形} ＋ばかりか、ばかりでなく

【建議】

(1) 肉(にく)ばかりでなく、野菜(やさい)もたくさん食(た)べるようにしてください。
不要光吃肉，請最好也多吃些蔬菜。

【附加】

(1) ホテルの部屋(へや)は、狭(せま)いばかりでなく、窓(まど)さえなかった。
飯店的房間不只狹窄，甚至連扇窗戶也沒有。

(2) 薬(くすり)を飲(の)んだのに、熱(ねつ)が下(さ)がらないばかりか、咳(せき)も出(で)てきた。
吃了藥之後，非但沒退燒，還咳了起來。

◆ はもちろん、はもとより ／不僅…而且…、…不用說，…也…

→ 接續方法：{名詞} ＋はもちろん、はもとより

【附加】

(1) この車(くるま)はデザインはもとより燃費(ねんぴ)もいい。
這輛車不僅外型好看，還很省油。

(2) バスや電車(でんしゃ)の中(なか)はもとより、道(みち)を歩(ある)く時(とき)もマスクをするようにしている。
不只是搭乘巴士或列車時，走在道路上也要確實把口罩戴好。

(3)「ドラえもん」は子(こ)どもはもちろん、大人(おとな)にも人気(にんき)があります。
「多拉Ａ夢」不只小朋友喜歡，也廣受大人的喜愛。

單字及補充

▎電車(でんしゃ) 電車 ▎列車(れっしゃ) 列車，火車 ▎乗(の)り換(か)え 換乘，改乘，改搭 ▎乗(の)り越(こ)し（車）坐過站 ▎快速(かいそく) 快速，高速度 ▎急行(きゅうこう) 急忙前往，急趕；急行列車 ▎片道(かたみち) 單程，單方面 ▎スピード【speed】快速，迅速；速度 ▎速度(そくど) 速度

◆ ような ／(1) 像…之類的；(2) 宛如…一樣的…；(3) 感覺像…

→ 接續方法：{名詞の；動詞辭書形；動詞ている} ＋ような；{名詞の；形容動詞詞幹な；[形容詞・動詞]辭書形} ＋ような気がする

【列舉】

(1) 日本へ行ったら、おでんや焼き鳥のようなＢ級グルメを食べてみたい。

如果去了日本，我想嚐嚐關東煮、烤雞肉串等Ｂ級美食。

【比喻】

(1) バケツをひっくり返したような大雨がもう３日も続いている。

傾盆大雨持續了整整３天。

【判斷】

(1) 何だか風邪を引いたような気がする。

總覺得好像感冒了。

練習

Ⅰ [a,b] の中から正しいものを選んで、○をつけなさい。

① 窓から見える景色はエーゲ海（a. そうな　b. のような）美しさだった。

② さっきから誰かにつけられている（a. ように　b. ような）気がする。

③ 彼女の歌は、国内（a. ばかりに　b. ばかりでなく）、東南アジアの国々でも歌われている。

④ この学校では、日本語（a. どころか　b. はもちろん）、日本の文化や歴史についても学べます。

Ⅱ 下の文を正しい文に並べ替えなさい。＿＿＿に数字を書きなさい。

① 私の上司は、言うことが ＿＿＿ ＿＿＿ ＿＿＿ ＿＿＿、言ったこともよく忘れる。

1. ばかり　2. か　3. 変わる　4. いつも

② この辺りは、＿＿＿ ＿＿＿ ＿＿＿ ＿＿＿ も人であふれています。

1. もちろん　2. 夜　3. 昼間　4. は

錯題糾錯 NOTE

不要害怕做錯，越挫越勇！

日期＿＿＿　重點

復習次數 □□□□□

錯題＆錯解

正解＆解析

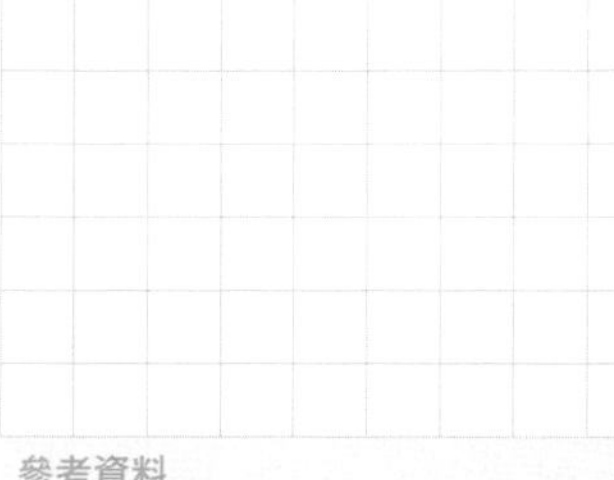

參考資料

錯題＆錯解

正解＆解析

參考資料

錯題＆錯解

正解＆解析

參考資料

39 比較、対比、逆接（1）

／比較、對比、逆接（1）

◆ くらいなら、ぐらいなら ／與其…不如…、要是…還不如…

→ 接續方法：{動詞普通形} ＋くらいなら、ぐらいなら

【比較】

(1) 彼(かれ)と別(わか)れるくらいなら、死(し)んだ方(ほう)がましだわ。

要我跟他分手的話，不如叫我死了算了。

(2) ３万円(まんえん)もかけて修理(しゅうり)するくらいなら、新(あたら)しい洗濯機(せんたくき)を買(か)った方(ほう)がいい。

如果要花３萬圓修理的話，還不如買台新的洗衣機。

(3) 捨(す)てるくらいなら、ヤフオクに出(だ)してみたらどうですか。

與其丟掉，不如拿到 Yahoo 奇摩拍賣如何？

◆ というより ／與其說…，還不如說…

→ 接續方法：{名詞；形容動詞詞幹；[名詞・形容詞・形容動詞・動詞] 普通形} ＋というより

【比較】

(1) クーラーが効(き)きすぎて、涼(すず)しいというより寒(さむ)いくらいだ。

冷氣太強了，與其說是涼爽倒不如說是冷過頭了。

(2)「この女優(じょゆう)さん、きれいだね。」「そうね。でも、きれいというより可愛(かわい)いって感(かん)じじゃない？」

「這個女演員好漂亮啊。」「是啊，但與其說是漂亮不如說是可愛比較貼切吧？」

(3) 彼(かれ)が結婚(けっこん)しないのは、恋人(こいびと)がいないからというより、一人(ひとり)でいる方(ほう)が好(す)きだからでしょう。

他之所以不結婚，與其說是沒有女朋友，不如說是喜歡一個人過生活吧！

單字及補充

▍別(わか)れる 分別，分開 ▍離(はな)す 使…離開，使…分開；隔開，拉開距離 ▍擦(す)れ違(ちが)う 交錯，錯過去；不一致，不吻合，互相分歧；錯車 ▍助(たす)ける 幫助，援助；救，救助；輔佐；救濟，資助 ▍近付(ちかづ)ける 使…接近，使…靠近 ▍まし（な）（比）好些，勝過；像樣 ▍修理(しゅうり) 修理，修繕 ▍洗濯機(せんたくき) 洗衣機 ▍結婚(けっこん) 結婚

◆ にくらべ（て） ／與…相比、跟…比較起來、比較…

→ 接續方法：{名詞} ＋に比べ（て）

【比較基準】

（1）女性は男性に比べて長生きする人が多い。
比起男性，女性的壽命大都較為長壽。

（2）前回に比べて、今回の聴解試験は難しかった。
與上次相比，這次的聽力測驗困難許多。

（3）去年に比べ、外国人観光客の数は激減した。
和去年相比，今年外國觀光客的人數大幅銳減。

練習

Ⅰ [a,b] の中から正しいものを選んで、○をつけなさい。

① 平野（a. に反して　b. に比べて）、盆地の夏は暑いです。

② 好きじゃない（a. といっても　b. というより）、嫌いなんです。

③ 途中でやめる（a. くらいなら　b. からには）、最初からやるな。

④ 日本語は母音が５つしかないから、英語（a. にしては　b. に比べると）発音が簡単だ。

Ⅱ 下の文を正しい文に並べ替えなさい。＿＿＿に数字を書きなさい。

① そんな ＿＿＿ ＿＿＿ ＿＿＿ ＿＿＿、部屋のベッドで寝なさい。

1. 寝る　2. ところで　3. なら　4. くらい

② 博之君はお金を出したことがないよね。＿＿＿ ＿＿＿ ＿＿＿ ＿＿＿ だな。

1. より　2. という　3. ケチ　4. 節約家

錯題糾錯 NOTE

不要害怕做錯，越挫越勇！

日期＿＿＿　重點

復習次數 □□□□□

錯題 & 錯解

正解 & 解析

參考資料

錯題 & 錯解

正解 & 解析

參考資料

錯題 & 錯解

正解 & 解析

參考資料

40 比較、対比、逆接（2）

／比較、對比、逆接（2）

◆ にたいして（は）、にたいし、にたいする

／(1)和…相比；(2)向…、對（於）…

→ 接續方法：{名詞} ＋に対して（は）、に対し、に対する

【對比】

(1) 橋本先生(はしもとせんせい)は厳(きび)しいのに対(たい)して、松原先生(まつばらせんせい)はとても優(やさ)しい。

和嚴厲的橋本老師相比，松原老師人親切又和善。

(2) 日本海側(にほんかいがわ)はよく雪(ゆき)が降(ふ)るのに対(たい)し、太平洋側(たいへいようがわ)はほとんど降(ふ)らない。

與多雪的日本海側比起來，太平洋側則幾乎不下雪。

【對象】

(1) 皆(みな)さんのご協力(きょうりょく)に対(たい)し、心(こころ)からお礼(れい)申(もう)し上(あ)げます。

我發自內心感謝各位的熱情協助。

◆ にはんし（て）、にはんする、にはんした ／與…相反…

→ 接續方法：{名詞} ＋に反し（て）、に反する、に反した

【對比】

(1) 親(おや)の期待(きたい)に反(はん)して、息子(むすこ)は医学部(いがくぶ)に行(い)かなかった。

兒子違背了父母的期望，沒有進入醫學系就讀。

(2) 祖父(そふ)の口癖(くちぐせ)は「人(ひと)の道(みち)に反(はん)することは絶対(ぜったい)にするな」というものだった。

祖父老是把「有違人道之事絕不可為」這句話掛在嘴邊。

(3) 専門家(せんもんか)たちの予想(よそう)に反(はん)し、感染者(かんせんしゃ)は1か月(げつ)で倍増(ばいぞう)した。

不同於專家們的預測，感染者光一個月便成倍增長。

單字及補充

▍**協力(きょうりょく)** 協力，合作，共同努力，配合 ▍**共通(きょうつう)** 共同，通用 ▍**味方(みかた)** 我方，自己的這一方；夥伴 ▍**礼(れい)** 禮儀，禮節，禮貌；鞠躬；道謝，致謝；敬禮；禮品 ▍**絶対(ぜったい)** 絕對，無與倫比；堅絕，斷然，一定 ▍**専門(せんもん)** 專門，專業 ▍**家(か)** 家庭；家族；專家 ▍**広(ひろ)まる** （範圍）擴大；傳播，遍及 ▍**広(ひろ)める** 擴大，增廣；普及，推廣；披漏，宣揚

◆ はんめん　／另一面…、另一方面…

→ 接續方法：{[形容詞・動詞] 辭書形} ＋反面；{[名詞・形容動詞詞幹な] である} ＋反面

【對比】

(1) 子どもが独立して嬉しい反面、一緒に暮らせなくなって寂しい。

一方面為兒子的獨立感到欣慰，另一方面則為不能再一起生活感到寂寞。

(2) この部屋は南向きで、冬は暖かい反面、夏はとても暑い。

這間房間坐北朝南，冬天雖然溫暖，但夏天酷熱難耐。

(3) 本田先生は厳しい先生である反面、困ったときは相談に乗ってくれる父親のような存在だ。

本田老師雖然嚴厲，但有煩惱時他會像父親一樣認真傾聽並給予意見。

練習

Ⅰ [a,b] の中から正しいものを選んで、○をつけなさい。

① この国は、経済が遅れている（a. 反面　b. どころか）、自然が豊かだ。

② 「夫は外で働き、妻は家庭を守る」という考え方は、時代の流れ（a. にしたがって　b. に反して）いる。

③ この問題（a. につき　b. に対して）、意見を述べてください。

④ 別れた妻が、約束（a. に反して　b. に比べて）子どもと会わせてくれない。

Ⅱ 下の文を正しい文に並べ替えなさい。＿＿＿に数字を書きなさい。

① この曲には、彼の ＿＿＿ ＿＿＿ ＿＿＿ ＿＿＿ があふれている。

1. 祖国　2. 愛　3. に　4. 対する

② 彼の気持ち ＿＿＿ ＿＿＿ ＿＿＿ ＿＿＿、疑ってしまう時もある。

1. いる　2. 信じて　3. 反面　4. を

錯題糾錯 NOTE

不要害怕做錯，越挫越勇！

日期＿＿＿　重點

復習次數 □□□□□

錯題 & 錯解

正解 & 解析

參考資料

錯題 & 錯解

正解 & 解析

參考資料

錯題 & 錯解

正解 & 解析

參考資料

41 比較、対比、逆接（3）

／比較、對比、逆接（3）

◆ にしては
／照…來說…、就…而言算是…、從…這一點來說，算是…的、作為…，相對來說…

→ 接續方法：{名詞；形容動詞詞幹；動詞普通形} ＋にしては

【與預料不同】

(1) 祖母(そぼ)は 75 歳(さい)にしては、とても若(わか)く見(み)える。
祖母已經 75 歲了，看起來還是非常年輕。

(2) 今度(こんど)の作品(さくひん)は石井監督(いしいかんとく)がとったにしては、あまり面白(おもしろ)くない。
這次的作品以石井導演所拍攝之作而言，算是不怎麼有趣的一部。

(3) この麻婆豆腐(まーぼーどうふ)、初(はじ)めて作(つく)ったにしてはおいしいね。
這個麻婆豆腐，以第一次做來說，算是很好吃了喔。

◆ としても ／即使…，也…、就算…，也…

→ 接續方法：{名詞だ；形容動詞詞幹だ；[形容詞・動詞] 普通形} ＋としても

【逆接假定條件】

(1) このブランドの靴(くつ)は、デザインはいいとしても、ちょっと高(たか)すぎる。
這個品牌的鞋子雖然造型好看，但實在是有點貴了。

(2) 彼(かれ)が言(い)ったことが本当(ほんとう)だとしても、それを信(しん)じる人(ひと)は少(すく)ないだろう。
就算他說的是真的，也很少人願意相信吧。

(3) 台風(たいふう)が来(き)たとしても、仕事(しごと)を休(やす)むことはできない。
就算颱風來襲，工作也不能休息。

單字及補充

▍ブランド【brand】（商品的）牌子；商標 ▍関係(かんけい) 關係；影響 ▍進(すす)む 進，前進；進步，先進；進展；升級，進級；升入，進入，到達；繼續下去 ▍進(すす)める 使向前推進，使前進；推進，發展，開展；進行，舉行；提升，晉級；增進，使旺盛 ▍上(のぼ)る 進京；晉級，高昇；（數量）達到，高達 ▍近(ちか)づく 臨近，靠近；接近，交往；幾乎，近似 ▍寄(よ)る 順道去…；接近 ▍向(む)かい 正對面 ▍向(む)き 方向；適合，合乎；認真，慎重其事；傾向，趨向；（該方面的）人，人們

◆ にしても ／就算…，也…、即使…，也…

→ 接續方法：{名詞；[形容詞・動詞] 普通形} ＋にしても

【逆接讓步】

(1) 冗談にしても、ほどがある。
即便是玩笑也要有個分寸。

(2) 彼女が藤井と結婚するにしても、僕には関係のないことだ。
就算她要跟藤井結婚，那也跟我無關了。

(3) 理系に進むにしても、国語はしっかり勉強しておいた方がいい。
即使要進理科，還是要確實讀好國文比較好。

練習

Ⅰ [a,b] の中から正しいものを選んで、○をつけなさい。

① タクシーで（a. 行った　b. 行く）としても間に合わないだろう。

② 彼女のことは忘れよう（a. としたら　b. としても）忘れられない。

③ 美味しい（a. にしても　b. にしては）まずい（a. にしても　b. にしては）、彼女の料理は全部食べなければならない。

④「あの人は台湾に住んで 10 年です。」「それ（a. からして　b. にしては）、中国語があまり上手じゃないみたいですね。」

Ⅱ 下の文を正しい文に並べ替えなさい。＿＿＿に数字を書きなさい。

① この字は、＿＿＿　＿＿＿　＿＿＿　＿＿＿　は上手です。
1. が　2. にして　3. 子ども　4. 書いた

② ＿＿＿　＿＿＿　＿＿＿　＿＿＿、助け合うことはできます。
1. にしても　2. 違う　3. 立場は　4. お互い

錯題糾錯 NOTE
不要害怕做錯，越挫越勇！
日期　重點
復習次數 □□□□□
錯題＆錯解
正解＆解析
參考資料
錯題＆錯解
正解＆解析
參考資料
錯題＆錯解
正解＆解析
參考資料

42 比較、対比、逆接（4）

／比較、對比、逆接（4）

◆ わりに（は）　／（比較起來）雖然…但是…、但是相對之下還算…、可是…

→ 接續方法：{名詞の；形容動詞詞幹な；[形容詞・動詞]普通形} ＋わりに(は)

【比較】

(1) 母(はは)は年齢(ねんれい)のわりには若(わか)く見(み)えるので、よく姉(あね)に間違(まちが)えられる。
母親看起來比實際年齡還要年輕，所以經常被誤認為是我姐姐。

(2) このリンゴ、安(やす)かったわりに甘(あま)くておいしいね。
這顆蘋果，雖然便宜但卻香甜可口耶。

(3) 今(いま)の仕事(しごと)は大変(たいへん)なわりに給料(きゅうりょう)が安(やす)い。
現在從事的工作非常辛苦，但相對之下薪水就偏低了。

◆ くせに　／雖然…，可是…、…，卻…

→ 接續方法：{名詞の；形容動詞詞幹な；[形容詞・動詞]普通形} ＋くせに

【逆接讓步】

(1) また今日(きょう)も学校(がっこう)を休(やす)んだの？本当(ほんとう)は元気(げんき)なくせに。
你今天又向學校請假了？明明身體也沒怎樣。

(2) デートに誘(さそ)われたんでしょ。嬉(うれ)しいくせに、どうしてすぐにOKしないの？
他約妳出去了吧？明明很高興，為什麼不馬上答應他呢？

(3) 彼(かれ)は全(すべ)てを知(し)っていたくせに、ずっと知(し)らないふりをしていた。
他明明知道一切，卻一直裝作甚麼也不知情。

單字及補充

▌デート【date】日期，年月日；約會，幽會　▌誘(さそ)う　約，邀請；勸誘，會同；誘惑，勾引；引誘，引起　▌ずっと　更；一直　▌手術(しゅじゅつ)　手術　▌包帯(ほうたい)（醫）繃帶　▌巻(ま)く　形成旋渦；喘不上氣來；捲；纏繞；上發條；捲起；包圍；（登山）迂迴繞過險處；（連歌，俳諧）連吟　▌予防(よぼう)　預防　▌仲(なか)　交情；（人和人之間的）聯繫　▌週末(しゅうまつ)　週末

◆ といっても　／雖說…，但…、雖說…，也並不是很…

→ 接續方法：{名詞；形容動詞詞幹；[名詞・形容詞・形容動詞・動詞] 普通形}　＋といっても

【逆接】

(1) がんの手術といっても、日帰り手術だから心配しないでね。

雖說是癌症手術，但是當天就能回來了，不必那麼擔心啦。

(2) あの二人は仲がいいといっても、恋人じゃないと思います。

那兩個人雖然感情很好，但我覺得應該不是情侶。

(3) アルバイトを始めたといっても、週末だけです。

雖說開始打工了，但也只有週末而已。

練習

Ⅰ [a,b] の中から正しいものを選んで、○をつけなさい。

① お金もそんなにない（a. わりに　b. くせに）、買い物ばかりしている。

② 我慢する（a. といったら　b. といっても）、限度があります。

③ 彼女が好きな（a. くせに　b. かわりに）、嫌いだと言い張っている。

④ あの人、いつもお金がないと言ってる（a. わりには　b. にしては）、いい車に乗ってるわね。

Ⅱ 下の文を正しい文に並べ替えなさい。______ に数字を書きなさい。

① この国は、______　______　______　______　やすい。

1. 熱帯　2. わりには　3. 過ごし　4. の

② インドネシア語　______　______　______　______、簡単な挨拶ぐらいです。

1. も　2. できる　3. が　4. といって

錯題糾錯 NOTE

不要害怕做錯，越挫越勇！

日期　重點

復習次數

錯題 & 錯解

正解 & 解析

參考資料

錯題 & 錯解

正解 & 解析

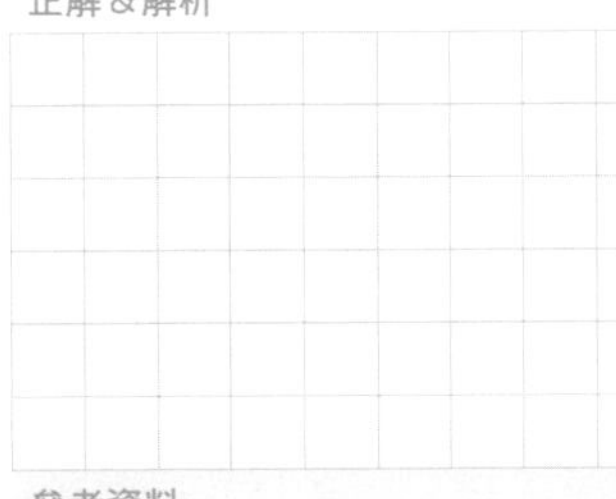

參考資料

錯題 & 錯解

正解 & 解析

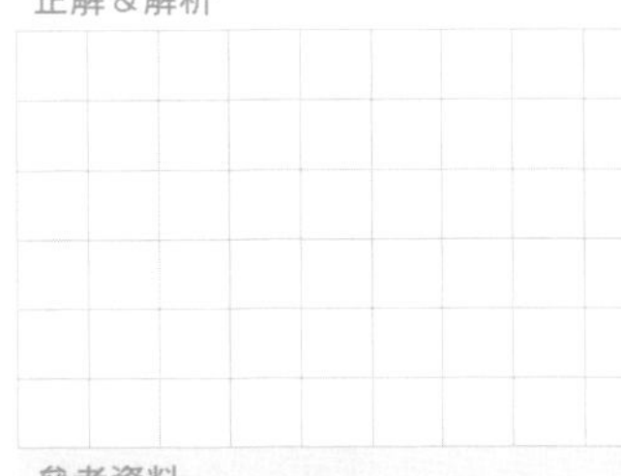

參考資料

43 限定、強調（1）

／限定、強調 （1）

◆（っ）きり ／(1) 只有…；全心全意地…；(2) 自從…就一直…

→ 接續方法：{名詞；動詞ます形；動詞た形；これ、それ、あれ} ＋（っ）きり

【限定】

(1) 君(きみ)の誕生日(たんじょうび)はどこか静(しず)かなところで二人(ふたり)っきりでお祝(いわ)いしよう。
你生日的時候，就我們兩人單獨找個安靜的地方慶祝吧！

(2) 一度(いちど)きりの人生(じんせい)だから、思(おも)いっきりやりたいことをやろう。
一生只有一次，想做什麼就儘管放手去做吧！

【不變化】

(1) これっきりもう君(きみ)とは会(あ)いたくない。先(さき)に帰(かえ)ってくれ。
我不想再見到你了，你先走吧。

◆ しかない ／只能…、只好…、只有…

→ 接續方法：{動詞辭書形} ＋しかない

【限定】

(1) 昨日(きのう)の夜(よる)はずっと停電(ていでん)していたから、試験勉強(しけんべんきょう)は諦(あきら)めるしかなかった。
由於昨天整晚停電，也只好放棄考試的準備了。

(2) 最終電車(さいしゅうでんしゃ)が行(い)っちゃったから、タクシーで帰(かえ)るしかない。
末班車已離站，只能坐計程車回家了。

(3) 誰(だれ)もこの仕事(しごと)をやらないなら、私(わたし)がやるしかない。
這份工作如果沒有人願意做，就只能由我來做了。

單字及補充

▍終電(しゅうでん) 最後一班電車，末班車 ▍チケット【ticket】票，券；車票；入場券；機票 ▍（自動(じどう)）券売機(けんばいき)（門票、車票等）自動售票機 ▍定期券(ていきけん) 定期車票；月票 ▍停留所(ていりゅうじょ) 公車站；電車站 ▍プラットホーム【platform】月台 ▍ホーム【platform 之略】月台 ▍改札口(かいさつぐち)（火車站等）剪票口 ▍各駅停車(かくえきていしゃ) 指電車各站都停車，普通車

◆ だけしか　／只…、…而已、僅僅…

→ 接續方法：{名詞} ＋だけしか

【限定】

(1)「3000円貸してくれない？」「ごめん、今、500円だけしかないの。」

「能不能借我3000圓？」「抱歉，我現在手邊只有500圓。」

(2) 昨日は1時間だけしか寝られなかった。

昨天只睡了一小時。

(3) 会場にはチケットを持っている人だけしか入れません。

會場僅限持有門票的人才可以進入。

練習

Ⅰ [a,b] の中から正しいものを選んで、○をつけなさい。

① この果物は、今の季節（a. だけしか　b. っきり）食べられません。

② もう我慢できない。離婚する（a. はずがない　b. しかない）。

③ 半年前に転んで以来、祖母は寝た（a. きり　b. こと）になってしまった。

④ 夕方までしか開けられないのなら、もう店を閉める（a. しかない　b. わけがない）。

Ⅱ 下の文を正しい文に並べ替えなさい。＿＿に数字を書きなさい。

① 若いときは、今 ＿＿ ＿＿ ＿＿ ＿＿ にチャレンジしよう。

1. しか　2. こと　3. できない　4. だけ

② もう長い間海外旅行に行っていない。日本へも3年 ＿＿ ＿＿ ＿＿ ＿＿ だ。

1. 行った　2. に　3. 前　4. っきり

錯題糾錯 NOTE

不要害怕做錯，越挫越勇！

日期＿＿　重點

復習次數 □□□□□

錯題 & 錯解

正解 & 解析

參考資料

錯題 & 錯解

正解 & 解析

參考資料

錯題 & 錯解

正解 & 解析

參考資料

44 限定、強調（2）

／限定、強調（2）

◆ だけ（で） ／光…就…；只是…、只不過…；只要…就…

→ 接續方法：{名詞；形容動詞詞幹な；[形容詞・動詞] 普通形} ＋だけ（で）

【限定】

（1）冷蔵庫の中にある材料だけで、鍋料理を作りましょう。
用冰箱裡現有的食材來煮個火鍋吧！

（2）梅干しを見ただけで、唾が出てくる。
梅干光是看著，就會讓人忍不住流口水了。

（3）来週の旅行のことを考えるだけで、楽しくなってくる。
光是想著下週的旅行，心情就雀躍不已。

◆ こそ ／正是…、才（是）…；唯有…才…

→ 接續方法：{名詞；動詞て形＋て} ＋こそ

【強調】

（1）もう２年も旅行していない。来年こそヨーロッパへ行くぞ。
已經有兩年沒出外旅行了，明年一定要去歐洲看看。

（2）親になってこそ、親の気持ちがわかる。
只有自己為人父母的時候，才能體會父母的感受。

（3）海外へ行ってこそ、自分の国のいいところも悪いところも見えてきます。
正因出國，才能看清自己國家的優缺點。

單字及補充

▌**鍋** 鍋子；火鍋　▌**煮る** 煮，燉，熬　▌**茹でる**（用開水）煮，燙　▌**酸っぱい** 酸，酸的　▌**うまい** 味道好，好吃；想法或做法巧妙，擅於；非常適宜，順利　▌**起きる**（倒著的東西）起來，立起來；起床；不睡；發生　▌**起こす** 扶起；叫醒；引起　▌**覚ます**（從睡夢中）弄醒，喚醒；（從迷惑、錯誤中）清醒，醒酒；使清醒，使覺醒　▌**覚める**（從睡夢中）醒，醒過來；（從迷惑、錯誤、沉醉中）醒悟，清醒

◆ など　／怎麼會…、才（不）…；竟是…

→ 接續方法：{名詞（＋格助詞）；動詞て形；形容詞く形}
＋など

【輕重的強調】

(1) 私のことなど、もう忘れたでしょう。
你已經忘記我了吧。

(2) どうして俺がお前などに謝らなきゃいけないんだ。
為什麼我要跟你這種人道歉啊？

(3)「寝ないで、ちゃんと聞いて。」「寝てなどいないよ。起きてるし、ちゃんと聞いてるよ。」
「你別睡，好好聽我說。」「我沒睡啊，我醒著呢，也認真聽著啊。」

練習

Ⅰ [a,b] の中から正しいものを選んで、○をつけなさい。

① 誤りを認めて（a. こそ　b. たけ）、立派な指導者と言える。

② （a. 面白くなど　b. 面白み）ないですが、課題だから読んでいるんです。

③ あなたがいてくれる（a. たけに　b. だけで）、私は幸せなんです。

④ （a. 買いたい　b. 買いたく）などないけど、上司にはやっぱりお土産が要るよね。

Ⅱ 下の文を正しい文に並べ替えなさい。＿＿に数字を書きなさい。

① この薬 ＿＿ ＿＿ ＿＿ ＿＿ 言われたが、ちっともよくならない。

1. と　2. 治る　3. だけ　4. で

② 苦しい時 ＿＿ ＿＿ ＿＿ ＿＿、幸せの味が分かるのだ。

1. こそ　2. を　3. 越えて　4. 乗り

錯題糾錯 NOTE

不要害怕做錯，越挫越勇！

日期 ＿＿　重點

復習次數 □□□□□

錯題 & 錯解

正解 & 解析

參考資料

錯題 & 錯解

正解 & 解析

參考資料

錯題 & 錯解

正解 & 解析

參考資料

45 限定、強調（3）

／限定、強調（3）

◆ などという、なんていう、などとおもう、なんておもう ／(1)（說、想）什麼的；(2) 多麼…呀、居然…

→ 接續方法：{[名詞・形容詞・形容動詞・動詞] 普通形} ＋などと言う、なんて言う、などと思う、なんて思う

【輕重的強調】

(1)「どうして宿題（しゅくだい）しないの？」「しないなんて言（い）ってないよ。後（あと）からするんだから。」

「你為什麼不寫功課？」「我又沒說不寫，等一下就做啦！」

【驚訝】

(1) あの二人（ふたり）が恋人（こいびと）だなんて、誰（だれ）も言（い）ってくれなかった。

沒有人告訴我他們兩人居然是情侶。

(2) まさかこんな形（かたち）で再会（さいかい）するなどと、夢（ゆめ）にも思（おも）わなかったよ。

真的連作夢也沒想到，會以這種方式再見到你啊！

◆ なんか、なんて ／(1) 根本不…；(2)…之類的；(3)…什麼的

→ 接續方法：{名詞} ＋なんか；{[名詞・形容詞・形容動詞・動詞] 普通形} ＋なんて

【強調否定】

(1)「アニメ映画（えいが）、見（み）に行（い）こうよ。」「えっ、アニメなんか見（み）たくないよ。」

「我們去看動畫電影嘛！」「什麼？我才不想看什麼動畫呢！」

【舉例】

(1) やっと片付（かたづ）けも終（お）わったし、ビールなんか飲（の）みたいね。

終於整理完畢了，真想來杯啤酒啊！

【輕視】

(1) 注射（ちゅうしゃ）が怖（こわ）いなんて、大人（おとな）のくせに子（こ）どもみたいですね。

說打針很恐怖什麼的，都已經是大人了卻還像個孩子一樣。

◆ ものか　／哪能…、怎麼會…呢、決不…、才不…呢

→ 接續方法：{形容動詞詞幹な；[形容詞・動詞]辭書形}＋ものか

【強調否定】

(1) 何だ、あの店員。あんな感じの悪い店になんか二度と行くものか。
那個店員搞什麼啊。這種服務如此差勁的爛店，誰要光顧第二次！

(2) 足が動かなくなってきた。でも、ここで諦めるものか。あと１キロだ。
雙腳都快跑不動了，可是我怎麼能在這裡放棄！就只剩一公里了！

(3)「主婦は気楽でいいよな。」「気楽なものですか。主婦は24時間ずっと働いているのよ。」
「家庭主婦很快活吧，真好。」「怎麼可能快活，家庭主婦可是一天24小時都在辛苦地操持家務呀。」

練習

Ⅰ [a,b] の中から正しいものを選んで、○をつけなさい。

① 元カレが誰と何をしたって、かまう（a. ことか　b. もんか）。

② 難しすぎて、私（a. なんで　b. なんか）にはできません。

③「お兄ちゃん、僕にもそのゲーム貸して。」「やだね―。お前なんかに貸してやる（a. もんか　b. もん）。」

④ ばかだ（a. なんと　b. なんて）言ってない、もっとよく考えた方がいいと言ってるだけだ。

Ⅱ 下の文を正しい文に並べ替えなさい。＿＿＿に数字を書きなさい。

① 試験までまだ半年も ＿＿＿ ＿＿＿ ＿＿＿ ＿＿＿ と思っていると、失敗するよ。

1. など　2. 大丈夫　3. から　4. ある

② 彼の言葉を ＿＿＿ ＿＿＿ ＿＿＿ ＿＿＿、かなりおめでたい人ね。

1. に　2. なんて　3. する　4. 本気

錯題糾錯 NOTE
不要害怕做錯，越挫越勇！
日期　重點
復習次數
錯題＆錯解
正解＆解析
參考資料
錯題＆錯解
正解＆解析

參考資料
錯題＆錯解
正解＆解析
參考資料

46 許可、勧告、使役、敬語、伝聞（1）

／許可、勸告、使役、敬語、傳聞（1）

◆ ことだ　／(1) 非常…、太…；(2) 就得…、應當…、最好…

→ 接續方法：{形容詞辭書形；形容動詞詞幹な；動詞辭書形；動詞否定形} ＋ことだ

【各種感情】

(1) 隣(となり)の家(いえ)はみんなで北海道(ほっかいどう)へ旅行(りょこう)に行(い)ったらしい。羨(うらや)ましいことだ。
隔壁人家好像全家到北海道旅行了，太羨慕了！

(2) 大雨(おおあめ)でキャンプが中止(ちゅうし)になった。残念(ざんねん)なことだ。
露營因大雨而取消了，好可惜啊！

【忠告】

(1) 自分(じぶん)がされて嫌(いや)なことは、人(ひと)にもしないことです。
己所不欲勿施於人。

(2) 文句(もんく)があるなら、はっきり言(い)うことだ。
如果有怨言，就應該說清楚。

◆ ことはない　／(1) 不會…、並非…；(2) 沒…過、不曾…；(3) 用不著…、不用…

→ 接續方法：{[形容詞・形容動詞・動詞]た形；動詞辭書形} ＋ことはない

【不必要】

(1) まだ使(つか)えるから、新(あたら)しいのを買(か)うことはないと思(おも)うけど。
因為還可以用，我想應該不會再買新的。

【經驗】

(1) ぼくは富士山(ふじさん)に登(のぼ)ったことはあるが、玉山(ギョクザン)に登(のぼ)ったことはない。
我爬過富士山，但還沒爬過玉山。

單字及補充

▌**羨(うらや)ましい** 羨慕，令人嫉妒，眼紅 ▌**目上(めうえ)** 上司；長輩 ▌**年寄(としよ)り** 老人；（史）重臣，家老；（史）村長；（史）女管家；（相撲）退休的力士，顧問 ▌**年上(としうえ)** 年長，年歲大（的人） ▌**敬語(けいご)** 敬語 ▌**敬意(けいい)** 尊敬對方的心情，敬意 ▌**席(せき)** 席，坐墊；席位，坐位 ▌**きちんと** 整齊，乾乾淨淨；恰好，洽當；如期，準時；好好地，牢牢地 ▌**はっきり** 清楚；直接了當

錯題糾錯 NOTE

不要害怕做錯，越挫越勇！

日期 ____ 重點

復習次數 □□□□□

錯題＆錯解

正解＆解析

參考資料

錯題＆錯解

正解＆解析

參考資料

錯題＆錯解

正解＆解析

參考資料

【勸告】

(1) 失恋（しつれん）したからってそう落ち込（おこ）むな。この世（よ）の終（お）わりということはない。

只不過是失戀而已，別那麼沮喪啦！又不是世界末日。

◆ べき（だ） ／必須…、應當…

→ 接續方法：{動詞辭書形} ＋べき（だ）

【勸告】

(1) 目上（めうえ）の人（ひと）に対（たい）しては敬語（けいご）を使（つか）うべきだと思（おも）う。

我認為對長輩就應該要用敬語。

(2) バスや電車（でんしゃ）の中（なか）では、お年寄（としよ）りに席（せき）を譲（ゆず）るべきだ。

在公車或列車上應該要讓位給年長者。

(3) 彼（かれ）にきちんと自分（じぶん）の気持（きも）ちを伝（つた）えるべきだった。

那時應該向他表明自己的心意的。

練習

Ⅰ [a,b] の中から正しいものを選んで、○をつけなさい。

① 痩（や）せたいのなら、間食（かんしょく）、夜食（やしょく）をやめる（a. ことか　b. ことだ）。

② またすぐに帰（かえ）ってくるから、わざわざ見送（みおく）りに来（く）る（a. ことはない　b. んじゃない）よ。

③ 日本語（にほんご）が上手（じょうず）になりたかったら、日本人（にほんじん）の恋人（こいびと）を作（つく）る（a. もの　b. こと）だ。

④ 自分（じぶん）の不始末（ふしまつ）は自分（じぶん）で解決（かいけつ）す（a. はずだ　b. べきだ）。

Ⅱ 下の文を正しい文に並べ替えなさい。＿＿に数字を書きなさい。

① 注射（ちゅうしゃ）は何度（なんど）もしたことがあるけど、こんなに痛（いた）い ＿＿ ＿＿ ＿＿ ＿＿。

1. こと　2. した　3. 注射（ちゅうしゃ）を　4. はない

② 一度（いちど）失敗（しっぱい）したくらいで、＿＿ ＿＿ ＿＿ ＿＿ ないと思（おも）います。

1. 諦（あきら）める　2. では　3. 簡単（かんたん）に　4. べき

47 許可、勧告、使役、敬語、伝聞（2）

／許可、勸告、使役、敬語、傳聞（2）

◆（さ）せてください、（さ）せてもらえますか、（さ）せてもらえませんか ／請讓…、能否允許…、可以讓…嗎？

→ 接續方法：{動詞否定形（去ない）；サ變動詞詞幹} ＋（さ）せてください、（さ）せてもらえますか、（さ）せてもらえませんか

【許可】

(1) 大阪にいらしたら、市内をご案内させてください。
如果您蒞臨大阪，請讓我為您導覽市街。

(2) 本当に警察の方ですか。警察手帳を確認させてもらえますか。
你真的是警察嗎？能否讓我確認你的警察證呢？

(3) 内容は面白そうだけど、時間が足りるかな。もう少し考えさせてもらえませんか。
內容雖然趣味性十足，但可能沒有那麼多時間，能不能讓我再考慮看看呢？

(4) 用事がありますので、今日の午後、早退させてもらえませんか。
我有要事，今天下午能否讓我早退呢？

◆ 使役形＋もらう、くれる、いただく ／請允許我…、請讓我…

→ 接續方法：{動詞使役形} ＋もらう、くれる、いただく

【許可】

(1) 少し疲れました。30 分ほど休ませてもらえませんか。
有點累了，可以讓我休息個 30 分鐘嗎？

(2) それでは、お先に失礼させていただきます。
那麼，我先告辭了。

單字及補充

▍案内 引導；陪同遊覽，帶路；傳達 ▍警察署 警察署 ▍市役所 市政府，市政廳 ▍区役所（東京都特別區與政令指定都市所屬的）區公所 ▍手帳 筆記本，雜記本 ▍内容 內容 ▍用事 事情；工作 ▍用 事情；用途 ▍失礼 失禮，沒禮貌；失陪

【恩恵】

(1) プリンタが壊(こわ)れたので、友達(ともだち)の家(いえ)で印刷(いんさつ)させてもらった。

因為影印機壞了，朋友讓我到他家影印。

(2) 健太(けんた)くんがみっちゃんにもゲームさせてくれるって。よかったね。

建太說也要讓小咪一起玩電動遊戲喔，真是太好了呢！

練習

Ⅰ [a,b] の中から正しいものを選んで、○をつけなさい。

① 海外転勤(かいがいてんきん)ですか…。家族(かぞく)と相談(そうだん)させて（a. もらえます　b. あげます）か。

② それはぜひ弊社(へいしゃ)にやらせて（a. いただけませんか　b. くださいませんか）。

③ お嬢(じょう)さんと結婚(けっこん)（a. させられて　b. させて）ください。

④ ここ１週間(しゅうかん)ぐらい（a. 休(やす)ませて　b. 休(やす)まれて）もらったお陰(かげ)で、体(からだ)がだいぶよくなった。

Ⅱ 下の文を正しい文に並べ替えなさい。＿＿＿に数字を書きなさい。

① 今日(きょう)　＿＿＿　＿＿＿　＿＿＿　＿＿＿　もらえますか。

1. で　2. 帰(かえ)らせて　3. これ　4. は

② ＿＿＿　＿＿＿　＿＿＿　＿＿＿　もらえませんか。

1. 説明(せつめい)　2. 詳(くわ)しい　3. させて　4. を

錯題糾錯 NOTE

不要害怕做錯，越挫越勇！

日期 ＿＿＿　重點

復習次數 □□□□□

錯題＆錯解

正解＆解析

參考資料

錯題＆錯解

正解＆解析

參考資料

錯題＆錯解

正解＆解析

參考資料

48 許可、勧告、使役、敬語、伝聞（3）

／許可、勸告、使役、敬語、傳聞（3）

◆ たらどうですか、たらどうでしょう（か）　／…如何、…吧

→ 接續方法：{動詞た形} ＋たらどうですか、たらどうでしょう（か）

【提議】

(1) どれもおいしそうですけど、刺身(さしみ)定食(ていしょく)にしたらどうですか。

每一道菜都十分可口的樣子，就選生魚片定食，你覺得如何呢？

(2) まだ仕事(しごと)してるの？ちょっと休(やす)んだら？（親近的人）

你還在工作啊？不休息一下嗎？

(3) まだ雨(あめ)も降(ふ)っていますし、もう少(すこ)しごゆっくりなさったらいかがですか。

反正也還在下雨，再稍微坐一下如何？

◆ てごらん　／…吧、試著…

→ 接續方法：{動詞て形} ＋てごらん

【提議嘗試】

(1)「パパ、その箱(はこ)、何(なに)？」「お土産(みやげ)だよ。開(あ)けてごらん。」

「爸爸，那個盒子是什麼？」「是伴手禮喔，你打開看看！」

(2)「惜(お)しい、あと少(すこ)し…。」「もう一度(いちど)やってごらん。きっとできるから。」

「可惜，就差一點點。」「你再試一次看看，一定可以成功的。」

(3) この着物(きもの)、着(き)てごらんなさい。あなたによく似合(にあ)うと思(おも)うわ。

這件和服你穿穿看，肯定很適合你喔！

單字及補充

▍**ゆっくり** 慢，不著急　▍**きっと** 一定，務必　▍**着物(きもの)** 衣服；和服　▍**似合(にあ)う** 合適，相稱，調和　▍**格好(かっこう)いい**（俗）真棒，真帥，酷（口語用「かっこいい」）　▍**そっくり** 一模一樣，極其相似；全部，完全，原封不動　▍**イメージ【image】** 影像，形象，印象　▍**家主(やぬし)** 房東，房主；戶主　▍**頼(たの)む** 請求，要求；委託，託付；依靠

◆ てくれと　／做…、給我…

→ 接續方法：{動詞て形} ＋てくれと

【引用命令】

(1) 大家(おおや)さんにゴミは朝(あさ)８時(じ)までに出(だ)してくれと言(い)われた。

房東交代我，早上８點之前要把垃圾拿出來。

(2) 結婚(けっこん)してくれと、彼(かれ)はいつ言(い)ってくれるのかなあ。

「嫁給我吧！」這句話他什麼時候才會對我說呢？

(3) 友達(ともだち)に先生(せんせい)の電話番号(でんわばんごう)を教(おし)えてくれと頼(たの)まれたんですが、教(おし)えてもいいですか。

朋友拜託我給他老師的電話，可以告訴他嗎？

練習

Ⅰ [a,b] の中から正しいものを選んで、○をつけなさい。

① これ、すごく面白(おもしろ)かったから、(a. 読(よ)んでごらん　b. 拝見(はいけん)してください) よ。

② そのことは父(ちち)には (a. 言(い)わなくていい　b. 言(い)わないでくれ) と彼(かれ)に頼(たの)んだ。

③ これ、北海道(ほっかいどう)で撮(と)った雪祭(ゆきまつ)りの写真(しゃしん)ですが、(a. ごらんいたします　b. ごらんになります) か。

④ そろそろ N3 を受(う)けて (a. みたら　b. みって) どうでしょう。

Ⅱ 下の文を正しい文に並べ替えなさい。＿＿＿に数字を書きなさい。

① まだたくさん残(のこ)っていますね。少(すこ)し ＿＿＿ ＿＿＿ ＿＿＿ ＿＿＿ でしょうか。

1. どう　2. たら　3. 値段(ねだん)を　4. 下(さ)げ

② 日本(にほん)に留学(りゅうがく)したいと母(はは)に言(い)ったら、行(い)かない ＿＿＿ ＿＿＿ ＿＿＿ ＿＿＿。

1. と　2. くれ　3. 泣(な)かれた　4. で

錯題糾錯 NOTE

不要害怕做錯，越挫越勇！

日期＿＿＿　重點

復習次數 □□□□□

錯題＆錯解

正解＆解析

參考資料

錯題＆錯解

正解＆解析

參考資料

錯題＆錯解

正解＆解析

參考資料

49 許可、勧告、使役、敬語、伝聞（4）

／許可、勸告、使役、敬語、傳聞（４）

◆ って　／(1) 他說…、人家說…；(2) 聽說…、據說…

→ 接續方法：{名詞（んだ）；形容動詞詞幹な（んだ）；[形容詞・動詞] 普通形（んだ）} ＋って

【引用】

(1)「あの帽子(ぼうし)をかぶった人(ひと)は？」「確(たし)か山本(やまもと)さんって言(い)ってた。」

「那個戴帽子的人是？」「如果沒記錯的話，說是山本先生。」

【傳聞】

(1) 先輩(せんぱい)が言(い)ってたけど、あの先生(せんせい)のテスト、簡単(かんたん)なんだって。

據學長所說，那位老師的考試很簡單。

(2) このラーメン屋(や)さん、おいしいんだって。食(た)べてみたいなあ。

聽說這家拉麵店很好吃，我也好想吃吃看。

◆ とか　／好像…、聽說…

→ 接續方法：{名詞；形容動詞詞幹；[名詞・形容詞・形容動詞・動詞] 普通形} ＋とか

【傳聞】

(1) 二人(ふたり)は小学校(しょうがっこう)時代(じだい)にクラスメートだったとか。

那兩人好像是小學同學。

(2) リーさんは日本酒(にほんしゅ)がお好(す)きだとか。今晩(こんばん)一緒(いっしょ)にいかがですか。

我聽說李先生喜歡日本酒，今晚要不要一起喝一杯？

(3) 隣(となり)のおばあさん、少(すこ)し前(まえ)に老人(ろうじん)ホームに入(はい)ったとか。

聽說隔壁的奶奶不久前住進養老院了。

單字及補充

▌確(たし)か 確實，可靠；大概 ▌確(たし)かめる 查明，確認，弄清 ▌かもしれない 也許，也未可知 ▌老人(ろうじん) 老人，老年人 ▌会議(かいぎ) 會議 ▌評論(ひょうろん) 評論，批評 ▌報告(ほうこく) 報告，匯報，告知 ▌論(ろん)じる・論(ろん)ずる 論，論述，闡述 ▌提案(ていあん) 提案，建議

◆ということだ
／(1)…也就是說…、就表示…；(2) 聽說…、據說…

→ 接續方法：{簡體句} ＋ということだ

【結論】

(1) もう1か月(げつ)も連絡(れんらく)がない。私(わたし)と別(わか)れたいということなんだろう。

已經一個月都沒連絡了，看來是想跟我分手了吧。

(2) 最近(さいきん)なかなか人(ひと)の名前(なまえ)が出(で)てこない。私(わたし)も年(とし)を取(と)ったということだ。

最近老忘東忘西，記不起別人的名字，看來我真的是老了。

【傳聞】

(1) 今週(こんしゅう)の会議(かいぎ)は金曜日(きんようび)の午後(ごご)1時(じ)からということです。

本週會議據說是從星期五下午一點開始。

練習

Ⅰ [a,b] の中から正しいものを選んで、○をつけなさい。

① あの二人(ふたり)は離婚(りこん)した（a. というものだ　b. ということだ）。

② 今朝(けさ)の雨(あめ)はすごかった（a. など　b. とか）。大丈夫(だいじょうぶ)でしたか。

③ ご意見(いけん)がないということは、皆(みな)さん、賛成(さんせい)という（a. こと　b. もの）ですね。

④「ありがとう」は中国語(ちゅうごくご)で「謝謝(しえしえ)」（a. って　b. で）言(い)います。

Ⅱ 下の文を正しい文に並べ替えなさい。＿＿＿に数字を書きなさい。

① 昨日(きのう)はこの冬(ふゆ)＿＿＿ ＿＿＿ ＿＿＿ ＿＿＿。

1. とか　2. 寒(さむ)さ　3. 一番(いちばん)の　4. だった

② 食(た)べるのは好(す)きだけど、＿＿＿ ＿＿＿ ＿＿＿ ＿＿＿だって。

1. のは　2. 嫌(きら)い　3. 飲(の)む　4. なん

錯題糾錯 NOTE

不要害怕做錯，越挫越勇！

日期＿＿＿　重點

復習次數 □□□□□

錯題 & 錯解

正解 & 解析

參考資料

錯題 & 錯解

正解 & 解析

參考資料

錯題 & 錯解

正解 & 解析

參考資料

50 許可、勧告、使役、敬語、伝聞（5）

／許可、勸告、使役、敬語、傳聞（5）

◆ って（いう）、とは、という（のは）（主題・名字）

／所謂的…、…指的是；叫…的、是…、這個…

→ 接續方法：{名詞} ＋って、とは、というのは；{名詞} ＋って（いう）、という＋ {名詞}

【話題】

(1) あなたって本当に料理が上手ね。毎日作ってほしいなあ。
你的廚藝真是精湛啊！真希望每天都能吃你做的菜。

(2)「鬼滅の刃」っていうアニメ、もう見た？
你看過「鬼滅之刃」那部動漫了嗎？

(3)「三密」とは「密閉・密集・密接」のことです。
「三密」指的就是「密閉、密集、密切接觸」。

◆ ように（いう）　／告訴…

→ 接續方法：{動詞辭書形；動詞否定形} ＋ように（言う）

【間接引用】

(1) お医者様にタバコをやめるように言われたのに、また吸ってる！
明明醫生就交代你要戒菸了，你還抽！

(2) 千夏さんに、先週のプリントを持って来てくれるように伝えてください。
請告知千夏小姐，請她把上禮拜的印刷品帶過來。

(3) 先生は学生に、授業中は日本語だけ話すようにと注意しました。
老師叮囑學生們課堂上只能說日語。

單字及補充

▍**伝える** 傳達，轉告；傳導 ▍**伝言** 傳話，口信；帶口信 ▍**メッセージ【message】** 電報，消息，口信；致詞，祝詞；（美國總統）咨文 ▍**貸し** 借出，貸款；貸方；給別人的恩惠 ▍**貸し賃** 租金，賃費 ▍**借り** 借，借入；借的東西；欠人情；怨恨，仇恨 ▍**得** 利益；便宜 ▍**支出** 開支，支出 ▍**清算** 結算，清算；清理財產；結束，了結

◆ 命令形＋と

→ 接續方法：{動詞命令形} ＋と

【直接引用】

(1) いちばん最後を走る選手に、みんなは「頑張れ、頑張れ」と声をかけた。

大家高喊著「加油！加油！」為跑最後一名的選手打氣。

(2) どうしたの？ドアの前に「この部屋に入るな」と書いてあるでしょう。

有什麼事嗎？門上不是寫著「此房間請勿進入」？

【間接引用】

(1) 友達に「10万円貸してくれ」と頼まれたが、そんな大金は貸せない。

朋友要我借他10萬圓，但那麼一大筆錢，我實在沒辦法借他啊！

練習

Ⅰ [a,b] の中から正しいものを選んで、○をつけなさい。

① 村上春樹（a. といわれる　b. っていう）作家、知ってる。

② 息子にちゃんと歯を磨く（a. だけ　b. よう）に言ってください。

③ 社長に、会社を（a. 辞めろ　b. 辞めよう）と言われた。

④ 課長、鳥居さん（a. のような　b. という）方がいらっしゃってますけど。

Ⅱ 下の文を正しい文に並べ替えなさい。＿＿ に数字を書きなさい。

① 政府は企業に、可能な限り ＿＿ ＿＿ ＿＿ ＿＿ に呼びかけました。

1. よう　2. する　3. に　4. テレワーク

② 今日は８時 ＿＿ ＿＿ ＿＿ ＿＿ 言われていたのに、寝坊してしまった。

1. に　2. まで　3. 来い　4. と

錯題糾錯 NOTE

不要害怕做錯，越挫越勇！

日期 ＿＿　重點

復習次數 □□□□□

錯題＆錯解

正解＆解析

參考資料

錯題＆錯解

正解＆解析

參考資料

錯題＆錯解

正解＆解析

參考資料

解答　練習題 1 ～ 32

第 1 回
Ⅰ ① b. ② a. ③ a. ④ a.
Ⅱ ① 3124 ② 2143

第 2 回
Ⅰ ① b. ② b. ③ b. ④ a.
Ⅱ ① 1324 ② 4231

第 3 回
Ⅰ ① a. ② b. ③ b. ④ a.
Ⅱ ① 2143 ② 4312

第 4 回
Ⅰ ① a. ② a. ③ b. ④ b.
Ⅱ ① 1432 ② 4312

第 5 回
Ⅰ ① b. ② a. ③ a. ④ b.
Ⅱ ① 4132 ② 3142

第 6 回
Ⅰ ① a. ② b. ③ b. ④ a.
Ⅱ ① 3142 ② 4132

第 7 回
Ⅰ ① b. ② a. ③ a. ④ a.
Ⅱ ① 3142 ② 4213

第 8 回
Ⅰ ① b. ② b. ③ a. ④ a.
Ⅱ ① 2134 ② 3142

第 9 回
Ⅰ ① a. ② a. ③ b. ④ a.
Ⅱ ① 4312 ② 1432

第 10 回
Ⅰ ① a. ② a. ③ b. ④ b.
Ⅱ ① 2134 ② 3142

第 11 回
Ⅰ ① b. ② a. ③ b. ④ b.
Ⅱ ① 4321 ② 3142

第 12 回
Ⅰ ① a. ② a. ③ b. ④ a.
Ⅱ ① 4213 ② 3142

第 13 回
Ⅰ ① a. ② a. ③ a. ④ b.
Ⅱ ① 2143 ② 1423

第 14 回
Ⅰ ① b. ② a. ③ a. ④ a.
Ⅱ ① 2431 ② 3214

第 15 回
Ⅰ ① a. ② a. ③ b. ④ b.
Ⅱ ① 4132 ② 1342

第 16 回
Ⅰ ① a. ② b. ③ b. ④ a.
Ⅱ ① 2341 ② 4312

第 17 回
Ⅰ ① b. ② a. ③ b. ④ a.
Ⅱ ① 2143 ② 1243

第 18 回
Ⅰ ① a. ② a. ③ b. ④ a.
Ⅱ ① 3142 ② 4123

第 19 回
Ⅰ ① a. ② a. ③ a. ④ b.
Ⅱ ① 2143 ② 3241

第 20 回
Ⅰ ① a. ② b. ③ a. ④ a.
Ⅱ ① 2431 ② 1432

第 21 回
Ⅰ ① a. ② b. ③ a. ④ a.
Ⅱ ① 4312 ② 1324

第 22 回
Ⅰ ① a. ② b. ③ b. ④ a.
Ⅱ ① 2134 ② 4231

第 23 回
Ⅰ ① b. ② a. ③ b. ④ b.
Ⅱ ① 4321 ② 3412

第 24 回
Ⅰ ① b. ② a. ③ b. ④ a.
Ⅱ ① 3241 ② 3214

第 25 回
Ⅰ ① b. ② b. ③ a. ④ a.
Ⅱ ① 4231 ② 4132

第 26 回
Ⅰ ① a. ② a. ③ a. ④ b.
Ⅱ ① 1324 ② 4213

第 27 回
Ⅰ ① a. ② b. ③ a. ④ b.
Ⅱ ① 2413 ② 3421

第 28 回
Ⅰ ① a. ② b. ③ b. ④ a.
Ⅱ ① 2143 ② 4231

第 29 回
Ⅰ ① a. ② b. ③ b. ④ b.
Ⅱ ① 3412 ② 2134

第 30 回
Ⅰ ① a. ② b. ③ a. ④ b.
Ⅱ ① 4231 ② 4132

第 31 回
Ⅰ ① b. ② a. ③ b. ④ a.
Ⅱ ① 2143 ② 3241

第 32 回
Ⅰ ① b. ② a. ③ b. ④ a.
Ⅱ ① 1432 ② 4132

解答　練習題 33 ～ 50

第 33 回
Ⅰ ① a. ② a. ③ b. ④ b.
Ⅱ ① 4231 ② 4321

第 34 回
Ⅰ ① b. ② b. ③ a. ④ a.
Ⅱ ① 3412 ② 1324

第 35 回
Ⅰ ① a. ② a. ③ b. ④ b.
Ⅱ ① 2143 ② 4312

第 36 回
Ⅰ ① a. ② b. ③ b. ④ a.
Ⅱ ① 3124 ② 1432

第 37 回
Ⅰ ① a. ② b. ③ b. ④ a.
Ⅱ ① 2143 ② 1423

第 38 回
Ⅰ ① b. ② b. ③ b. ④ b.
Ⅱ ① 4312 ② 3412

第 39 回
Ⅰ ① b. ② b. ③ a. ④ b.
Ⅱ ① 2143 ② 4213

第 40 回
Ⅰ ① a. ② b. ③ b. ④ a.
Ⅱ ① 1342 ② 4213

第 41 回
Ⅰ ① a. ② b. ③ a. ④ b.
Ⅱ ① 3142 ② 4321

第 42 回
Ⅰ ① b. ② b. ③ a. ④ a.
Ⅱ ① 1423 ② 3241

第 43 回
Ⅰ ① a. ② b. ③ a. ④ a.
Ⅱ ① 4132 ② 3214

第 44 回
Ⅰ ① a. ② a. ③ b. ④ b.
Ⅱ ① 3421 ② 2431

第 45 回
Ⅰ ① b. ② b. ③ a. ④ b.
Ⅱ ① 4321 ② 4132

第 46 回
Ⅰ ① b. ② a. ③ b. ④ b.
Ⅱ ① 3214 ② 3142

第 47 回
Ⅰ ① a. ② a. ③ b. ④ a.
Ⅱ ① 4312 ② 2143

第 48 回
Ⅰ ① a. ② b. ③ b. ④ a.
Ⅱ ① 3421 ② 4213

第 49 回
Ⅰ ① b. ② b. ③ a. ④ a.
Ⅱ ① 3241 ② 3124

第 50 回
Ⅰ ① b. ② b. ③ a. ④ b.
Ⅱ ① 4321 ② 2134

索引

翻轉日檢 08

QR Code聽力魔法：

絕對合格！日檢文法、情境與聽力快速記憶術，頂尖題庫 N3

(16K+QR Code 線上音檔)

發行人　林德勝

著者　吉松由美、田中陽子、西村惠子、林勝田
山田社日檢題庫小組

編者　李易真

出版發行　山田社文化事業有限公司
地址　臺北市大安區安和路一段112巷17號7樓
電話　02-2755-7622　02-2755-7628
傳真　02-2700-1887

郵政劃撥　19867160號　大原文化事業有限公司

總經銷　聯合發行股份有限公司
地址　新北市新店區寶橋路235巷6弄6號2樓
電話　02-2917-8022
傳真　02-2915-6275

印刷　上鎰數位科技印刷有限公司

法律顧問　林長振法律事務所　林長振律師

定價+QR Code　新台幣330元

初版　2024年8月

ISBN：978-986-246-846-3

改版聲明：本書原書名為2021年12月出版的《絕對合格！日檢文法機能分類　寶石題庫N3——自學考上N3就靠這一本(16K+MP3)》，本次改版MP3更新為QR Code。

STS

STS